婦女生活十一種

劉亮延劇作集

目錄

推薦序

柔軟的那些都是心
讀《婦女生活十一種》

郝譽翔

亮延是我一九九八年初到東華教書的學生。第一次看到他時，不禁嚇了一大跳，怎麼會有這麼好看的男孩子？他的整張臉龐從額頭、眼睛到嘴角，都是明朗的，發著光。

我是中文系的老師，而亮延是英美語文學系的學生，但那時東華才剛創立不久，學生人數不多，整個文學院就像個大家庭似的，不分彼此特別親暱，就連師生之間也是。在記憶中亮延似乎沒修過我的課，但又有什麼關係呢？全校還有誰會不認識他？他當時可是一個活躍無比的風雲人物，身旁總是伴隨一群崇拜仰慕者，我看了很是羨慕，總覺得「青春正盛」「天之驕子」說的就是像他這樣的人。

亮延不僅長得好看，也寫詩，如今我的書架上還擺著他在二〇〇二年出版的詩集《有鬼》，是他讀東華創作所時的作品。《有鬼》的最後收錄一篇文章，他寫道：「他不作回應讓與他無關的比如說衣袋垃圾在垃圾車裡裡爛調，或是盡量對別人的腋毛視而不見，他雙腳開開躺著笑或者坐在籃球場旁捧花，他不必摒住呼吸撐直身體很陽剛的僵住，他不C而且有禮貌。」我讀了只是開心，喜歡他的毫不保留帥氣直接，而這些文字真的很劉亮延，他的大膽逾越和跨界，再再使得他的詩作洋溢著一股強烈又迷人的活力。

後來知道他竟會導戲，我接連看了好幾齣，只能感嘆唉呀劉亮延真有你的。我的碩博士論文研究的都是傳統戲曲，所以大江南北也算看過不少戲了，但看到「李清照私人劇團感傷動作派」時，竟是驚詫咂舌連連，瞪呆了雙眼，舞台唱腔居然可以如此妖異拔尖，而唱詞也居然可以如此扭曲蔓延，更不要提台上那些演員的肢體動作，音樂、聲光到布景等等，無一不顛覆了我們慣常的美學視野。

然後最近得知亮延要出劇本集，又是一大驚奇。我一直認為他的戲本該在舞台上搬演，唯有觀眾親自浸淫其中，才能夠體會出那活生色香的臨場感，而不應該擺在案頭閱讀才對。但是接到了這部《婦女生活十一種》劇本集時，我打開一看，卻又不禁讀得入迷起來，亮延充分展現了他的詩人本色，所以劇本有如詩集一般。我也才恍然發現，這些耐人咀嚼尋味如詩一般的對白，當在舞台展演之時，經常會被其他元素如肢體、音樂等等淹沒，或是一瞬之間匆匆而逝，假如沒能留下來給讀者慢慢品味欣賞，那豈不是太可惜了？

也因此我要這說《婦女生活十一種》這是一本最值得閱讀的劇本集，你可以把它當成是詩、小說、散文，甚至是論文來讀，皆能讀出一番趣味。這本書充份展現了亮延的才華洋溢，而單看這些對白：「一支筆，一個舞台，幸福，還有一種像雲朵的痛。」、「死去比誕生昂貴，夢比愛持久，古道斜陽，星月依舊。」豈不如同現代詩一樣？

我更喜歡亮延的顛倒、歪讀、諧擬和惡搞經典，《紅樓夢》中冰清玉潔的妙玉，居然可以在〈妙玉〉中說出：「紅梅花呀紅梅花，你上身柳枝，下半梅身，大家來猜猜，他到底是大梅樹，還是大柳樹呀。讓我們翻看課本第十八頁。」《慾望街車》的白蘭芝也可以在〈白蘭芝〉撒野唱道：「我遭遇了死亡我遭遇了他，他向我走來他白髮蒼蒼。他沒有兒孫他不說話，他不說話我遭遇了他。我害怕孤獨我害怕不說話。」

這些句子都叫人拍案驚奇，更是叫絕，而這也唯有調皮搗蛋又感傷如劉亮延，才能夠寫得出來。所以《婦女生活十一種》既可以拿來當成劇本詩歌，也可以拿來當成散文或論文讀，正在於這些劇本無一不是改自大家耳熟能詳的經典，如：〈夏綠地〉改自《黃色壁紙》、〈曹七巧〉改自〈金鎖記〉、〈猶自羞駝男盜令〉改自《四郎探母》、〈陳清揚〉是王小波的《黃金年代》、〈馬伯司氏〉是揉合莎劇《馬克白》與林紓的譯本《吟邊無語》等等。

其中尤其是〈馬伯司氏〉，林紓以文言翻譯甚至改寫莎劇，本來就充滿了歪讀的趣味，而劉亮延的再次改寫，更是古今中西語言的大會串，成了雜種混血。如此一來，劉亮延的劇本不也就是「互文」理論的最佳辯證和展演？

也因此我讀到這本《婦女生活十一種》時，感到格外的驚喜滿足，能夠一口氣把亮延這麼多年來的戲劇做個總回顧，又能享受一場文本拆解的嘉年華會，才知打從我第一天在東華大學認識他到現在，已經悠悠二十年過去了，亮延卻始終沒有變，他還是那個好看到會發光發亮的大男孩，青春無敵，活力四射，即使他讀了博士，當了老師，再多威權的頭銜堆在身上也無妨，因為他永遠有著一顆詩人在創作之時的初心。

那是喜悅的戲耍，也是感傷的真情，時而誇張搞笑，時而嚴肅正經，全都被亮延一兜手就全收攏到一起，就像他在自序〈井然與失調〉中所說的：「原來是這樣，柔軟的那些都是心。」

（本文作者為小說家、國立台北教育大學語文與創作學系教授）

推薦序

旁觀者也是作夢人
撿了路邊石頭打人還傳來滿耳的淫笑聲

傅裕惠

讀亮延的劇本，不是那麼容易的。他擅長拾人牙慧，而且會把撿來的碎嘴打磨成一長串犀利的插科打諢（看似是），即使射了出去一箭中的，被刺的人要不就是丈二金剛摸不著頭腦，要不就是還在做著夢樂呵呵。尋著他筆下的角兒們——是的，這些主角們都有一種傲嬌的態度——所作所為，儘管匪夷所思、動機令人費解，可都在最聰慧的「妹子」筆下，編織成一台台冷冷的警世通言，教人驚覺現實的炎涼和荒謬，根本是幕後詐騙集團體制搞出來的人間悲劇。

但直指著對方的鼻子罵的這種姿態，太低俗。亮延的角兒們，一個個都是能言善道的脫口秀高手，他能逗弄聽者聽得喜孜孜，曲子唱來韻味入耳，營造一種邪狹甜蜜卻又難以歸類的氛圍。從來就不是——就從他二〇〇五年編創的作品《曹七巧》開始，從來他的戲都不是服務觀眾的視覺，而是訴求聽覺的知性，然後針對文本不同的掌握與熟悉程度，享受編創者提供的「高級黑」情趣。可惜的是，小劇場規格的製作，從來就不能給這些以文字為主體的戲作一個「驚世駭俗」的公道。此外，若不能主動投入這些文字台詞所提供的調情思路，也有可能因為觀者的道貌岸然，而失去情慾繽紛的歡愉。

我看《妙玉》，像是讀一篇呼應楊牧長詩〈妙玉坐禪〉的一場「園林午夢」。典故出自《紅樓夢》的金陵十二釵，在這齣戲裡，妙玉與女弟子們再也不說妙玉完整的一生，而是恍惚入夢、遊園，走《牡丹亭》裡杜麗娘的春醒踏查之路，帶著林黛玉嬌嗔固執的脾氣，竟也是守著師父歡喜圓寂的軀殼，不肯離開、日夜靜候，盼得個什麼修道的正果。抱持著對師父的眷戀，守靈的妙玉非常地忠於自我，坦白說出自己的身子「累」了，一旁的女弟子玉花緊張地說：啊呀師父師父哪裡不舒服，又發燒了嗎？另一位玉紅則坦白說了妙玉師父不過是「天氣好睏、春情難纏。」醒來以後的妙玉嘴裡說的是要「弘揚我法、渡化凡俗」，想自己該「修身養水」，還分裝小瓶水地一副謹言慎行的樣子。寫到這裡，亮延依舊不按正道行文，讓唸著「水清無顏色，菩薩相萬千」的妙玉，才一出門就淋了雨。接下來一番道白：這滿園子的脂粉香娃，成日裡割腥啖膻——蚯蚓、蜈蚣、蠍子一時間變成在歌舞吶喊，這個當下的妙玉，完全自在於被這一傻到了極致的自嘲。如果僅僅是指著妙玉跟著陪笑，我們可能也是被隱身的作者嘲弄的對象，唯有自在於被這樣嘻笑嘲弄、張牙舞爪，讓拘謹古道的妙玉變成觀眾理解下的囂張——她知道她在說什麼，才有可能體會得其中趣味！

我總是認為，亮延鬼點子策劃的戲劇佈局，簡直就是讓人拍案叫絕的雙面間諜計中計！他的角色從來不畏懼當個冒牌貨，也從來不怕做作，更從來不把陷溺於寫實敘事的表演，當一件正經事來做。看他的戲得懂正典的劇情脈絡，然後看他怎麼嬌嗔哀怨地幽正典一默。因此，我覺得他的《馬伯司氏》真正夠格當華人文化脈絡下的酷兒！

《馬伯司氏》在二〇一六年首演時，相信應該惹毛了一班傳統戲曲界的文人雅士。當時由一級票友劉欣然飾演的〈馬克白夫人〉馬伯司氏，真是觸及了扮裝表演的挑釁政治性；這個演員做的所有事情，都不具政治正確性，偏是似假還真的新詮釋。例如，他唱京劇，卻被「剝奪」了板眼鑼鼓，要陪著西方的爵士樂譜，扭扭捏捏、淫淫蕩蕩、來來回回，多了一種難以想像的韻味、自由與昂揚。

劇中的馬克白夫人，講的不是正宗的莎劇台詞，而是一九〇三年一個不懂外文的桐城派知名學者林紓（林琴南）所譯寫《吟邊燕語》的一個章回〈蠱征〉中的片段。林紓當年所譯外文之作不下百部，對於五四新文學菁英的啟蒙，影響很大，簡直就是當年的暢銷作家；在那個不能講版權的時代，任何作品打了林紓的名號，都會大賣。二〇一二年牛津大學出版了一本《林紓有限公司》（Lin Shu Inc.）就說明了林紓的翻譯在當時就是翻譯產業，就是市場。但，讓人匪夷所思的是，林紓不懂英文，他光是聽好友轉述原作，就能用自己精彩的文筆，把原作描繪得動人刺激！在那個現代化契機開始的困苦時期，林紓翻譯根本就是流行。可是，怎麼讓人聽著的詞，像是找對了跨越時空的真心跟真情呀？廿一世紀的今天，我們到處都看得到莎士比亞，但卻遍尋不著那個堅持地、特有自我風格的林紓了呀！那種不三不四的莎劇譯文，竟在京劇的包裝下，落在說唱表演味道都對的地方。這部爵士樂不是演奏給現代歌手唱演；這齣京劇不是給正典青衣表作；亮延寫的莎劇不是正統翻譯的英美文學；這不叫我們的酷兒?!什麼才是逆翻天的酷兒呢！

亮延的作品裡經常透露的厭世哲學，並不以消極見長，而是積極申訴與翻案；逆倫、背德與不守婦道，更是他多以女性角色為敘事主體的一貫主題。例如《陳清揚》（2009）與《殺子報》（2016）都刻意與中國文化大革命的時代脈絡對話，並將政治權力與情慾壓抑的糾纏與日常，轉化投射於他從其他經典之作綁架過來的角色之上。在這兩齣戲裡，受害者都被延長了壽命（存在感更為具體），而不只存在於原作小說或歌仔冊裡一段若有似無的傳說場景裡。《陳清揚》改編自王小波的短篇小說《黃金年代》；寫的是村裡的護士陳清揚怎麼樣費心從人人口中的「破鞋」形象裡掙脫，最後乾脆直挺挺面對自己就是雙「破鞋」。原來死了丈夫的知青寡婦，索性認了一個鄉巴佬漢子當情夫，而且藉由陳清揚這個角色之口，赤裸裸地把一位女性如何面對世界的荒謬與群眾的瘋狂，讓她的日子得以過得像嘴碎髒話那樣乾脆自在。《殺子報》原來就存在於民間流傳的歌仔冊，更是十九世紀末海派京劇（時事新編）的代表劇作，對台灣日治時期的內台歌仔戲影響很大。即使當年曾為禁戲，或在民國五、六十年第二次內台歌仔戲興盛期間，成為政府列管的禁演題材，至今仍是外台戲班搬演不輟、吸睛熱門的話題演出。原作原是以劇中偷情的兩個主角寡婦徐氏與僧人納雲之間的姦情，作為警惕世人安分守己之作；戲裡因撞見寡母與僧人暗通，而被寡母徐氏砍殺後分屍藏罐的兒子王官寶，在劉亮延筆下變成文革紅衛兵的怪獸，讓徐氏不得面對自己的情慾流轉，必須閹割扭曲，甚至謊稱自己跟納雲僧殺了兒子滅口，而且被眾人圍剿斬殺，不得好死。長大的王官寶，卻又是某一寺廟裡的匿藏僧者，幾乎又要重複著納雲僧與徐氏當年的命運。原作即使劇終前未寫就結局、嘎然而止，但暗藏的比喻，也是驚得人毛骨悚然！像是讓原作隱藏的沉默殺手，現身成為截斷活口的吸血活屍，而且是一代一代沒有平息的傳染下去。

《初飛花瑪莉訓子》和《猶自羞駝男盜令》均發表於二〇一一年；前者是傳統戲曲《三娘教子》的變形，後者是京劇折子戲〈四郎探母〉的變種，統統都是跟日本已故知名編導寺山修司作品「交媾」寄生後的怪胎。要是能對句的話，可能應該是「瑪莉訓子初飛花、猶自羞駝男盜令；」前者的母親角色，其實是被人豢養的相好，既是娘、也是爹，後者的四郎是個天真的駝男，其忠孝兩難的解方竟然是戀母情結。倘使《三娘教子》跟同樣出自李漁小說《無聲戲》中一折〈男孟母教合三遷〉的創作社劇作《少年金釵男孟母》，有著相當程度相似的血緣，那為什麼廣世流傳頌揚的不是男孟母？而是三娘王春娥？這正港的三娘瑪莉所認識的世界可是「髒惡臭的馬房」，認識的同學全是「痲瘋病人、馬與跳蚤。」學習的不是「打草、擠馬奶，」而是學習怎麼「拿準角色、拿什麼活兒、什麼角出什麼功。」這原來，瑪莉透過扮演正旦、扮演人間要的好典範，瞞騙他其實不僅僅是孩子的娘，還是孩子的爹。《初飛花瑪莉訓子》寫出了瑪莉真實的控訴與故事。《猶自羞駝男盜令》則是嚴酷地形容戲迷們心中投射的四郎，不過是一個長不大、離不了家、斷不了臍帶的逃避的孩子。

駝了的四郎，像是扛著一輩子注定當鬼的包袱。相對於一輩子在祖先牌位旁打掃堅持的松子（比喻為佘太君），即使在外人面前，她也能一把逮住駝男，脫了他的褲子，一邊幫繼承人擦澡、一邊也還是能唱出家族裡每個兒子怎麼死的慘事；一直以來，這段都是京劇表演的經典唱段。劇終前，鐵鏡公主跟松子對決之際，我們這才又得知松子過去的祕密，她被強姦之後不良的後嗣基因已經被她親手滅除，所以折子戲〈四郎探母〉被鄉愁家國喚回的不是英俊瀟灑的大宋英雄，而是隱藏在四郎骨子裡（被松子投射想像出來的已故幼嬰）的鬼魂。這段不堪而且黑暗的往故，好似國族主義陰影下的幽靈，竟被劉亮延這麼堂而皇之地拼貼在大英雄楊家將的傳說中。若不是篇幅短，我看松子不只令人討厭，恐怕會引發國族的對立與騷動吧？

從一九九九年劉亮延以原創小品《有一天當腸子充滿氣》表現亮眼、備受矚目開始，我便自以為自己是唯一越來越能看得懂亮延作品的那個「瞎子」。我不怕他文字埋伏的象徵和暗號，也不怕被他在戲裡的幽默諷刺嘲笑，每每看戲的過程，我的腦子都有盡興的滿足與暢快！沒有人能比他更委婉地開人間高級的玩笑，也沒有人比他更能透過文字玩自虐虐人的酷刑。既痛苦且大笑著，這是我對閱讀劉亮延所創造的這好幾個獨特變種人物最極致的享受！我還巴望著再廿年，再繼續讀他的本、聽他的詞曲，來治療我的老年癡呆症。

二〇二〇年九月三十日

（本文作者為資深劇評人、台灣劇場導演）

自序

井然與失調

每個人一生中都必定有那麼幾次相思成疾的時刻。

求生是意志，要不放棄求全，要不捨身刨底。結果之論庸俗功利，但讀者感興趣。你神經病？你如何得病？有病治病多愛自己呀！很少有機會這樣，能全然疏離的，簡直無關的，面對一個人研究起「求」的模樣。有點囧，瘦了十公斤，方臉終於成為了馬臉。

求什麼、念什麼、糾結什麼？在這麼一個失調的時刻，完全失去了意思。

求沒意思，那用搶的吧！搶再不行自己偷。如果偷不好意思，那就去學。學好了自己做，還可以教。既然事半功倍，便試試身手。然後教過了便體會到，又再發現了一次真是沒意思。

沒意思為何物說不清，但重複一遍或許能知。重複也不必大費周折給環境製造垃圾，只要自己重複自己即可，這便是《曹七巧》的練習，讓他一直演，演到唯一的一件大衣被觀眾嫌舊，好心建議私信給我，導演你給演員做件新衣服吧。演到現實反過來求你，告訴你他們都心疼台上這位太太了。莫名其妙，但卻栩栩如生。

從一九九九年台東劇團《一天當腸子塞滿氣》至今，台灣劇場慷慨的讓我反覆提出這個問題，不下四百場次。其中很長一段時間，憑藉這些偉大女性的人格與肉身，我自以為是的塞進好意思與不好意思的踟躕，自以為華麗機巧，自以為婉轉溫柔，結果卻是根本問錯題，問題沒對！它是沒意思，不是好意思。

對於一個時不時周旋於情感激動作態之反覆排練的戲劇創作者來說，作假，太熟悉了。尤其更別說，以戲曲之名造假。舉凡男女善惡、主次老小，冗長的鋪陳、家國的構建，都能四兩千金，依舊言之鑿鑿。已然是擅長造作假態的我，究竟該如何將沒意思給造出來？或者至少，這麼多年，我所誤植的好意思之中，造出了什麼圍繞著沒意思的別的，好比我意思的意思。

我並不是在問意義與符號的傳遞問題。意思，是想法、是圖謀，也是理想、願望，它有情感面的基礎，有對譜系掌故的探查與驚喜，是懷念也是關注。它是意向性。

對於沒意思究竟是哪一題？或許論證起來，能做此解釋：一個意思的否定擁有詞。沒意思，沒有意思、不再擁有、不是誰的，什麼都沒有。

原來是這樣，柔軟的都是心，而結實與鬆垮不脫同一個範疇。繞來繞去都是感覺，連騙人都要明妝儼雅，要井然有序，不可以沒感覺。

這便是耿耿於懷的文學嗎？從日常裡妄想，在角落裡飛行，在很長的一段時間裡，不要急躁，不要因為找不到題材就抱怨。不僅不焦躁沒有劇本，也不曾感到題材乾枯。我自己寫，或勾引別人一起。對於要埋怨台灣沒有新劇本這件事，那種交談使我無奈，轉頭不宜再答，朋友便又少了一雙。怎麼可能沒有人寫呢？我要用我在寫！你看不上眼吧。但你又真的知道什麼叫作好？不要再拿莎士比亞說嘴了。挑菜來的人啊，有必要擺出那種否定厭惡不聞問，絕對客觀的審美家的模樣嗎？要挑菜嘴巴要乾淨，沒感覺千萬不要騙人，你真的會去買萊豬，也不聞問嗎？

戲劇不是一種不死就不酷的問題，這不是需要妄想的。一定要極致撞牆，才叫完美。無法、不會、千萬千萬也別把那當真，太糗了。對於外國文學的過分依賴，如果形成了招牌，不要相逼，你可以沒有問題，四處抱怨，對寫作者視若無睹，我知道你連找材料都懶散，做餐飲的不上菜市場，供貨商給你什麼你賣什麼，我們才吃了這麼多水耕空心菜，沒有滋味天天一樣。開餐廳的老闆之間，總拿固定供貨商的數量顯擺，但我無法，把台灣沒有戲劇文學當成閒談茶餘的話題。

我是一個劇場導演。一個每次都需要發現原本材料、熟悉材料並與他們周旋的人。我還是一個編劇，但我寫的劇本恐怕又叫導演劇本，是要拿來用的，不是給人家當小說讀的，我常糾結在唱詞斷句的趣味之中整晚睡不著，專業編劇制止我，他們要結構，我問什麼叫結構？建築許可？演出許可？鋼筋板模灌水泥？藍曬圖紙？還是城市規劃白皮書？甚至根本就是族群歧視？我不要條列的價值、排序的結構，我要感覺。圓的扁的直的歪的，的感覺。

回顧作品我覺得，能夠找到要造作之對象，用一種姑嫂婆媳的業餘關係，寫出來排出來演出來，二十年幾乎沒有買過任何產物與人壽保險，只靠著旅行意外險照顧大家，實在就是僥倖。

這本書出版時我四十一歲，我在三十九歲的時候開始反思，對於人文藝術的創作教育來說我何有之用，二十年的創作所學有何價值？未來能為誰傾之。作為一位不成熟的老師，我得坦白，對於成功人士與台灣之光實在沒有什麼意見，但起碼，我得拿出自己造作的經驗應答，所答之言歷歷有據，造一個假要幾斤幾兩，過程之中防範未然，造作之快感，造作之情願。我嚼過嚥下了什麼，什麼是真。

因之於此，我動念編這本書。

寫戲排戲演戲，便是分享陪伴等待。如果你急著問我如何，有沒有意思，以前雞婆會拉著你造作一遍，但造作需要緣分，連跑帶唱不免喘吁，收拾工作沒落實，鳥獸一散連自己也都會忘記。現在開始，換一個方式，請讀我的戲。

在造假的舞台下當戲迷，要大聲為太假喝采，也要為不夠假而嘆息，但卻不必去為真不真而憂慮。要問真，自己去造一個。再問，就再造一遍。敢不敢確真是你的事，看戲捧角的人兒都有自己的神傷。

昔人已乘黃鶴去，人生失調黃鶴樓。黃鶴一去不復返，白雲井然空悠悠。

二〇二〇年六月十四日　闕渡

夏綠地

出處

據吉爾曼(Charlotte Perkins Gilman)1892年小說《黃色壁紙》(The Yellow Wallpaper)經艾蜜莉亞(Emilia Di Girolamo)1997年改編劇作《一千條線》(1000 Fine Lines)由劉亮延2008年中譯本之四次創作。

演出紀錄

2010年9月17至19日於「台北台開大樓築空間」

2013年12月13至15日於「上海1933老場坊」

舞台指示　夏日無風潮濕的綠色草皮上，拾荒婦及其全身家當於一車。

分場　第一場　記憶

第二場　摹仿

第三場　愛

第四場　說故事

第五場　分裂

人物

夏綠地　藝術家，特別情緒化。她生了孩子安琪拉之後發生了一些意外，此後因為自責變得抑鬱，她被丈夫送進精神療養院，接受休息療法。

海　倫　夏綠地的室友，在劇本裡她是被夏綠地幻想出來的人格，但實際上必須讓觀眾知道夏綠地是虛構故事中的人物，而海倫是我們現實世界裡的普通人。一個面無表情行屍走肉為了工作而獻身的奴隸。

二人串演的其他角色如下

約翰　夏綠地的丈夫，一個外科醫生，處事待人皆有條理，理性俊帥。

珍妮　約翰的妹妹，夏綠地的小姑，生性放蕩，未婚，積極尋求結婚對象。

麥可　約翰的同事，一個心理醫生，體型臃腫外在條件不如約翰。

安琪拉　夏綠地的女兒，她已不在人世，但死因不明，她以靈魂的方式出現。

寶寶　海倫的女兒。

喬治　海倫的第一個男人，好勇鬥狠蒼白削瘦。

小狗　夏綠地與約翰的寵物。

牆中人　夏綠地的幻想，她被困在壁紙後，夏綠地想讓她重獲自由。

第一場　記憶

夏綠地　那是月光嗎？怎麼有東西閃閃變化？昏暗的時候，蠟燭的火光，油燈的火光……所有的光線都會讓那個圖案，變成條紋的樣子。

夏綠地　看來，你對自己有獨到的見解。

海　倫　不好意思……

夏綠地　你是在問候我嗎！誰讓你來的？

海　倫　沒錯。

夏綠地　現在這種社會，待人處事怎能敷衍怠慢。

海　倫　不好意思？

夏綠地　不用客氣！

夏綠地　用普通話說吧，端莊與禮節，你行嗎？

海　倫　不好意思？

夏綠地　別急。

夏綠地　女同志你手裡拿了什麼？來看看，今天晨光多美，畢竟到頭來它仍舊是一個正正當當的白天。喝點茶？

夏綠地　真香，這是約翰的表兄從印度海運過來的。

海　倫　約翰？

夏綠地　我丈夫。一塊還是兩塊？（拿方糖）

海　倫　三塊，謝謝。

夏綠地　三塊？親愛的，淑女飲茶從來不會要三塊糖，那實在野蠻，我們只用兩顆少許，那是一個優雅謹慎而得體的數字。你丈夫跟你一塊兒來嗎？

海　倫　我沒有丈夫。

夏綠地　呦，單身呀，真不好意思！（笑）

夏綠地　歐這可怎麼行，親愛的。那不是一個淑女飲茶的儀態。看著。狼吞虎嚥多沒氣質。

海　倫　不好意思。

（海倫又試了一遍，笨拙地）

夏綠地　恩，現在告訴我，你好嗎？愉快嗎？

海　倫　我有點緊張。

夏綠地　真是太好了，我不想要這麼說，不過你的氣色令人擔憂，大概是感情的因素吧。

海　倫　沒事。

夏綠地　歐，那可真該休息。這是一個好地方修養身性，說不上來，怎麼說呢？是約翰特別選的，我都照他的意思。

海　倫　我不需要休息。我需要獨處，可以給我幾分鐘靜靜嗎。

夏綠地　歐，親愛的，實際上……後面有人在等。或許這是你最後一次機會，我們確實不應該浪費。

（夏綠地在房間四周移動，檢查海倫的東西，把他們整理好，放進工具箱）

夏綠地　你就準備了這些？

（夏綠地直瞪著繩子瞧）

夏綠地　咦？這是新安上的嗎，你的道具？（海倫不假思索）

海　倫　不是。

夏綠地　咦？還有繩子？（海倫覺得不好意思）

海　倫　是……我的。本來在箱裡，衣服太多了……

夏綠地　太棒了（檢查箱子亂翻）我們應該能成為朋友的。真巧。

夏綠地　我知道一日之中至少得呼吸新鮮空氣做運動兩次。
每天早上十一點，玫瑰園裡走三圈，下午四點再一遍。血液循環新陳代謝。

（穿上高跟鞋，在房裡趾高氣昂地繞圈）

海　倫　繞圈圈走？

夏綠地　很平常地那樣子，走路，溫柔地，當然。呼吸！

海　倫　聽起來會讓人發瘋。

夏綠地　會嗎，怎麼說？

海　倫　不重要。

夏綠地　女同志，突然把促進友誼的閒談中斷是不得體的。早晨散步真愜意，不是嗎？

（把鞋子脫下來繼續走）

海　倫　不好意思，但請問您是？

夏綠地　你真無法想像對我來說你有多麼重要，一個像你這樣的朋友。

海　倫　你不是真的在這裡的，對吧？

夏綠地　這是什麼廢話？

海　倫　時間差不多了。

（焦急乾等）

海　倫　天啊，你夠了沒。

夏綠地　發瘋？

夏綠地　我認為這沒有什麼問題。

海　倫　所以，如果現在有人告訴你，你瘋了，同時大家都知道，你怎麼辦？

夏綠地　我必然懷疑他們的判斷。

海　倫　你如何證明你是正確的？

夏綠地　……

海　倫　你不屬於這裡，這個現在，此處只有我，我自己。（停）

難道我真的瘋了？

現在不要跟我說話，啊……（海倫尖叫）

（夏綠地被海倫尖叫嚇到）

夏綠地　小姐，小姐，（打斷尖叫）你的茶要冷了。

海　倫　我需要自由。

（兩人靜默）

夏綠地　咳！其實你都有啊。你還沒注意到嗎。那個箱子裡有你所有的想法。你想要作什麼都行。你所需要的一切的工具。

（開始收拾貴重的茶具，希望海倫離開）

你根本不知道什麼是不自由。傻丫頭。你不懂。現在請容我離開片刻，今天實在太重要了，約翰如果看到我整日坐著跟你閒談，肯定會生氣。

夏綠地　偷偷告訴你，得當心牆壁，當心空氣裡看不見的粉塵，你脆弱的心容易受到影響。

海　倫　牆壁？

夏綠地　雖然看起來像起疹子，但……

（海倫用手碰觸牆壁）

夏綠地　啊！不可以！你絕對不可以碰他。

海　倫　就像劇本寫的那樣？

夏綠地　恩……如果一樣，會怎樣呢？（懷疑而憤怒）

夏綠地　你偷看了？看了幾頁？（得意又生氣）在未經允許的狀況下。

海　倫　是不少，至於有多少……總之我翻一翻就分心了。（夏綠地被激怒）

夏綠地　我是主演，這是我的作品。你現在聽好了，就算你已經知道結局，你的文學素養還不到理解的層次。你還沒答應我。關於牆壁，你發誓再也不碰他。

海　倫　這個故事是真的嗎？

夏綠地　你實在太沒教養，任何一個淑女，都無法忍受這種野蠻低俗。

海　倫　這是你的故事嗎？

夏綠地　很好，這是一個很好的開始，成功總是得之不易，你懂得這道理就好。我總是容易對那些相信科學的成功人士產生愛慕之意。

（夏綠地瞎忙起來，自滿炫耀像在一個交際場）

夏綠地　每當我狀況不穩定，約翰就找麥可醫師，在這方面他可是權威。花了很多關係才能來這間收容所。約翰真貼心。

（夏綠地把垃圾桶拖出來）

海　倫　你在做什麼？

夏綠地　來，過來，快……

（夏綠地迫不及待地躲進垃圾桶，東翻西找扔出衣服要海倫穿上）

第二場　摹仿

夏綠地　我們現在要一起進入我的文學世界。我是醫生王麥可。你看這件外套合身嗎？

夏綠地　約翰，把這個穿上去，站到裡面去。

（蓋上垃圾桶，現在夫人在垃圾桶裡，約翰在外面。醫生開開關關垃圾桶報告診斷結果）

醫　生　手給我，啊，舌頭也給我，我確定這不嚴重，令人尊敬的約翰醫師。神經性低潮的疾病讓夫人痛苦萬分。她發癡又發癲，您同意我更進一步問嗎？

（海倫東看西看）

海　倫　我不覺得有什麼不同，說實話。

醫　生　他在臥房時食慾有何不正常現象？他會因為東西擺放的位置而生氣暴躁嗎？

海　倫　你到底在忙什麼……

醫　生　歐，約翰醫師。（突然翻開垃圾桶蓋）

我會稟持專業的醫學素養向您清楚報告。

（從垃圾桶拿出各種奇怪的替代道具）

這是您夫人的子宮，這麼說吧！（歎氣）

這個子宮已經不幸病變成了海綿，把精氣神全都吸乾，造成了身心靈的影響。這是女人的常見病症，她們的腦容量小，過度的身心靈負擔都會造成子宮病變。我的同事賴瑞博士在他一八八八年八月二十四日發表的論文便曾經指出，我查查。

（氣喘吁吁地拿出一個奇怪道具）

你看，女人的腦袋質量上比男人還小，若女人繼續從事太過複雜的腦部工作，會造成目前無法預測的併發症，造成男人心煩暴躁又易怒。

夏綠地 現在換你問。

（躲進垃圾桶，把蓋子蓋上，學約翰與同事之間男人專業交談的口氣）

這麼一來我們還能做些什麼？（海倫轉為冷淡）

海　倫 還有什麼辦法呢？

醫　生 好的，這裡或許有個處方，最近文明先進國家相當流行，我的幾個特殊病人從這處方獲得驚人的改善。（夏綠地探出頭）

夏綠地 問那是什麼？

海　倫 那是什麼？

（夏綠地翻出工具箱，爬出垃圾桶，專業地打開工作箱一一解說）

醫　生 它稱為休息療法，透過旅行與空氣的方式。有些人訴諸運動，比方講，他們用走路以及睡眠的部份，正確的午睡相當重要。嚴禁工作，或者從事任何與準備工作有關的活動。我相信你明白，女孩小腦子禁不起的部份，就算是普通文書整理的事也會造成嚴重影響。歐！對了，我一向對於夫妻義務的部份沒有意見，我想，當然從血壓的部份來說是不好的。總之你不能讓他有任何期盼性的思維活動。

子宮是一種渴望小孩的動物，如果沒有被滿足，或者說生產後，憂鬱悲傷呼吸分心失去專注力。（歧視地）咳，我能不禮貌地多問一句，你們有小孩，或是有未來生育的計畫嗎？

海　倫　無聊。（海倫注意到他的箱子，開始默默抽換）

夏綠地　你知道的，母性能夠治癒一個女性的靈魂。

海　倫　你最好自己跟他說。（海倫講話不專心了）

（夏綠地回到自己，突然記起台詞般）

夏綠地　歐，不對，我就是這樣被遺棄的。

海　倫　你怎麼會知道約翰與麥可講了什麼？再說……（越看人家箱子越疑惑）麥可也喜歡旅行啊？真巧！

夏綠地　小姐，這只是一個普通的練習。（把海倫支開，並搶走海倫發現的東西，一個令人發笑的道具）你真的應該繼續嘗試。

醫　生　我建議讓他去鄉下走走。他需要一個空氣流暢的房間，他不該讓思緒繼續負擔，這只會更加嚴重。我們只鼓勵用內在愉悅去和緩，讓他們漸漸恢復成端莊淑女的模樣。

海　倫　我應該接什麼話。

夏綠地　我能說的都說了。

海　倫　是嗎？

醫　生　我會再與您夫婦倆連絡的。

海　倫　到底怎麼回事！

夏綠地　快，別破壞我興致。

海　倫　你到底是誰？

夏綠地　好的，你現在扮演我，這樣你就會安靜一點。（節拍器聲響）

（夏綠地幫海倫換衣服，邊換邊用地上的繩子綑住她，但地上繩子還有一部份，然後把她的懷錶拿走，海倫生氣地大叫）

海　倫　那是我的東西，你不可以……還我……

（夏綠地拿著懷錶在海倫前面擺動，節拍器音效，海倫漸漸睡著）

夏綠地　這個想法真不錯。乖，你現在把這唸出來。

夏綠地　歐，你看起來氣色真好。年輕人。不過想當年，我還比你有氣質。

第三場　愛

（海倫漸漸睜開眼睛，描述剛才作的夢）

海　倫　我種了幾棵樹，還有草，他們是金色的。約翰討厭我種樹，他討厭紀念品這類東西。事實上約翰不許我留下任何記號。從現在起，約翰要我好好休息，不要寫不要想不要把專注力放在眼前。（節拍器停了）奇怪，我剛剛睡著了嗎？

夏綠地　但我還是偷偷寫了好一陣，只是牆壁實在太狡猾，創作讓我筋疲力盡。

海　倫　這裡有點奇怪，好像什麼不對勁。（才發現自己被綁著，試著要掙扎）

（夏綠地突然以一種極端厭惡的態度說，充滿暴力）

約　翰　就是這種想法。我應該把窗關上。

海　倫　不，不是那樣子，親愛的。

夏綠地　你先試試看。

（夏綠地，扮成約翰的樣子，把筆與紙從海倫的裙子上拿起來）

約　翰　親愛的，我已經跟麥可醫師溝通過，我們會責無旁貸地讓你好起來。住在這裡對你現在的狀況會有幫助，你需要大量空氣。你的運動要靠你的努力，親愛的，食物還得靠食慾，空氣是任何時候都可以吸的。但是你不能只想著把筆放到紙上，去思考感覺這件事的壓力實在太大了。

（海倫進入遊戲當中，滑稽誇張的模仿著夏綠地，激起約翰的暴力）

海　倫　我感覺到有危險。

約　翰　你知道，你的多話令我生厭。

海　倫　很抱歉我不應該。

約　翰　對，你不應該，你只是一個動物，你應該安靜地像隻蚯蚓一樣。你不應該問任何問題，什麼夢幻，什麼自以為的全是廢話連篇。你讓我覺得羞恥，麥可在笑我。

海　倫　怎麼說呢？我難道不知道嗎。

（約翰憤怒地走到垃圾桶，把垃圾桶用力推開，冷酷地）

約　翰　我要求的不多，你得往好處想，窗外現在有這麼好的花園景色，看看那個可愛的海灘，那邊還有條小路，在這樣優美的環境裡安頓下來，好好呼吸空氣。

（海倫雀躍舞蹈，娃娃音裝可愛）

海　倫　我會努力嘗試的約翰，謝謝你！

約　翰　你就像是片發臭的爛葉，沒有人能幫你，除了你自己。

海　倫　謝謝你的鼓勵，我會加油的！

約　翰　聽著，你必須倚靠自己的意志還有自我控制的努力，別讓愚蠢的幻想影響你。這都是為你好，為了讓我有面子，我們才會幸福，請你加油。

海　倫　幻想讓我自由，我感覺我就像隻小鳥，我已經…就快要…（閉上眼睛）

約　翰　哎，親愛的，你為什麼不把眼睛閉上休息？我累了。

海　倫　歐，愛人！王子！我怎麼能不遵命呢。跟我的小腦袋，海綿子宮還有衰弱神經相比，你比我健康正常又強壯，我實在太幸福了……

夏綠地　你不需要嘲笑我（海倫冷漠地）

海　倫　那真不好意思啊！（市儈地大笑）（海倫進入夏綠地狀態）

海　倫　你曾覺得自己太過嚴肅了嗎？歐！約翰，我的愛人。

夏綠地　我不是瘋子。（海倫嘲諷地摹仿夏綠地）

海　倫　我愛你。

夏綠地　那不是我的方式！

（被嚇到，開始幫海倫把繩子解下，以一種我想讓你舒服點的態度）

（海倫邊被解開邊說）

第四場　說故事

海　倫　我有一個夢。我變成一隻黑色的鳥飛出海面，我的翅膀遮住月光。（影子閃過）我是一個只能用生活去想像事情的人。想像？恩！抑或被想像？恩？是我的方式。我們之間的距離…恩…那是我正在構思的一個作品。

夏綠地　你何不休息一下，親愛的，你看起來累壞了。（夏綠地跳舞）

夏綠地　向右轉。

海　倫　向右轉。

夏綠地　手給我。

海　倫　手給我。

夏綠地　他不愛你。

海　倫　他不愛你。

夏綠地　看起來是幸福的。

海　倫　一頁空白什麼都沒有，等待我的在哪裡，我可以在哪裡等待？一支筆，一個舞台，幸福，還有一種像雲朵的痛。我希望我可以重新振作起來，今天陽光燦爛，雖然這只是我單方面的想法。

有人偷笑，麥可在偷笑，太可惡，我應該趕緊把他塗銷，不可以留下那種嘴臉，要擦掉！不可以留下……

（夏綠地把筆與紙從海倫手上拿起來，海倫漸漸感覺到溫暖與信任）

夏綠地　告訴我你看到什麼，告訴我你現在的感覺。

（海倫看著牆壁好像活了起來，她的眼神有光亮，她好像找到了希望的線索）

海　倫　有一個重複的黑點，所有的圖案好像脖子都斷了，卻有兩顆眼睛垂下來，他們靠的很近。

夏綠地　球根植物。

海　倫　兩個像球根植物的球根的眼睛瞪著我，從高處直瞪著我，沒完沒了我相當惱怒。四面八方上上下下，他們捲曲在一起，抽象，閃爍，到處都是眼睛，到處都是星星。

夏綠地　有一個黑點不像是一氣呵成的，你有沒有注意到。

海　倫　是啊，是啊，那個眼神忽上忽下，一個比一個高。

夏綠地　我以前從沒看過這種死氣沉沉的樣子。（兩人有了共同的對象）

海　倫　油漆剝落，擠出了什麼鹹水，那是結晶嗎。

夏綠地　小朋友一定跟我一樣討厭他。

海　倫　看起來好像有一個附屬的圖案藏在那些影子裡，特別討人厭，你只能透過閃動的光線才能看到，不清楚。當光線角度剛好，就在那個角度，我看到一種奇怪的，煽動性很強的無形的東西，好像那些愚蠢又引人注意的表皮背後，偷偷摸摸不知道在從事什麼活動。

夏綠地 約翰來了，快停筆。（悄悄話後偷偷摸摸下）（夏綠地穿上約翰的外套，然後走到海倫前面。用嚴肅的語調，跟之前遊戲不一樣）

約　翰 這是什麼小寶貝？不要那樣四處亂走，你會感冒的。

夏綠地 告訴他你在壁紙裡看到什麼。

海　倫 他在動約翰，油漆裡有東西在動。

夏綠地 現在，親愛的。

海　倫 帶我離開這裡，我恨這個地方，那個牆讓我的情況更糟了。

約　翰 看來我們現在還沒有辦法離開，看診的病人太多需要我照顧，還有家裡裝潢還沒好。我現在沒辦法從城裡離開。當然如果你有什麼需要，我可以試著……（厭煩）但是你確實看起來越來越好了，雖然你自己看不見。我是醫生我很清楚。你的臉色漸漸紅潤起來，你的食慾有進步，還有你放鬆了不少。

海　倫 我一點也沒有長肉，晚上食慾會好點，但是白天你不在時又變糟了。

夏綠地 老天！你應該像生病那樣，歐拜託！

約　翰 我們睡覺吧，這些早上再說，你的狀況在好轉，就算你無法察覺。

海　倫 我身體是好了一點，但……

夏綠地 親愛的，千萬別讓那種想法進入你心理。沒有什麼比這種著魔又陰晴不定還危險的事了。幻想，夢境，魔幻的力量。到現在你還聽不懂嗎？請你信任醫生，當我告訴你，看在我還有孩子的份上，就算不是為了你自己，拜託……

海　倫　什麼？

夏綠地　怎麼了？

海　倫　孩子。你從來沒有提過孩子。

夏綠地　不。

海　倫　你有孩子？

約　翰　快一點我的小白鵝，你現在應該要睡了。

海　倫　小白鵝？你在說什麼？我想要知道你的孩子。他在這裡嗎？他現在在這裡嗎？我可以見他嗎，就像我可以看到你一樣，還是……說多一點，我求你。（海倫沉默）

海　倫　我有一個孩子，一個女孩。你的呢，你的在哪裡？

夏綠地　這是我的世界，只有我說了算。

海　倫　我只是想要知道孩子的事。（夏綠地冷冷地）

夏綠地　我知道你要什麼。

海　倫　這是我來的原因啊，我是來阻止這一切的。當我閉上眼睛，我看見她在哭，我甚至可以聽見。我直躺著，乳房滲出奶水，就像一朵雲沾溼了草地，我想像一整片天空，我好痛。（夏綠地轉身準備離開）

夏綠地　算了。（海倫試著要去推他的背）

海　倫　拜託不要走，至少現在，不要丟下我一個人。

（夏綠地下）

第五場　分裂

（海倫在練習台詞，夏綠地氣憤制止）

海　倫　（唱）

那是月光嗎，什麼閃閃變化。
那是過去嗎，怎麼一絲不掛。
湖水是條紋。
雨絲是欄杆。
她靜靜地靜靜地爬。
我知道她想要什麼。

海　倫　媽媽跟你講！有些油漆裡的事除了媽媽以外從來沒人知道。那個裡面，有一個看不清楚的身體天天在改變，他總是一個樣子。只是越來越多，越來越吵。好像一個阿姨拱著身子在裡面爬。不知道要去哪裡。媽媽有在注意，你看他白天的時候靜悄悄地。一定是那些圖案綁住了他，他只能乖乖的靜止不動。真可憐。

夏綠地　誰讓你自己說。這是我的，我的，我的戲！

海　倫　我在唱歌。

夏綠地　你今天有覺得好一點嗎？你睡的好嗎？我剛剛去晨間散步，新鮮的空氣讓我覺得舒服極了，你真應該去試試。（海倫喃喃說著）

海　倫　（唱）

我不需要新鮮的東西，我不需要開放的玩意兒。我只想要，靜靜的一個人。靜靜的一個人徘徊。

海　倫　我的皮是一層油漆，祕密藏在裡面。我的皮也是一張地圖，上面有許多標記。我是一幅壞掉的風景畫，我的寶貝女兒，她是光澤的痕跡，她撕破這張皮來到這世界。乳香就是罪惡。當我看著我發炎腫起的肚子開始融化，就好像我的身體消失了什麼。她留下了記號？

（海倫把目光投向夏綠地，把夏綠地當成安琪拉／女兒，上前要摸她）

（夏綠地打海倫一巴掌）

夏綠地　胡說，她不在那。（海倫充滿希望地瞪著夏綠地）

海　倫　她在，看，我可以看見她。看見她在條紋後面爬行。

（夏綠地別過頭轉移焦點）

夏綠地　你錯了，她早起，作息正常，她在花園運動，用爬行的方式，在一條長路上，就像雲那樣，疾風中快速爬行。她是自由的，她享受這一切。

（海倫上前瞪著夏綠地）

海　倫　但是我可以看見她，我可以看見她。

（夏綠地掀開垃圾桶，指著裡面）

夏綠地　歐不！看，看這裡，除了我以外沒有人可以碰它，任何一個活人都不行。

（兩人一起看著垃圾桶裡面問）

海　倫　為什麼現在，我們一起朝著同一個方向看，是完全的不同，我不懂。

夏綠地　你現在演珍妮，她是約翰的妹妹，我應該演……麥可醫師吧！

海　倫　這樣突然中斷人家的對話，是不是相當不禮貌的舉動呢？

（夏綠地靜止）

夏綠地　我不確定該說些什麼。我愛他，他是我的心肝，但是珍妮總是跟他比較親，他們會偷偷聊天，而不告訴我，該死的珍妮對我說謊。

海　倫　為什麼？為什麼他們不能有祕密？（海倫看回垃圾桶去找東西）

夏綠地　她的哭聲讓我感覺到無助。

（夏綠地轉過神，再次遠遠地看著她，相當捨不得）

夏綠地　她的注視。那種眼神，死亡般空洞的眼神。她看穿透我的心置我於死，我害怕地死去。

（夏綠地追上前去，海倫回過神時，已經把夏綠地當成安琪拉）

珍妮／海倫　你不留下來，喝杯咖啡或茶嗎醫生，我有很棒的馬得拉白酒。我哥哥約翰一直都很忙，還有她。

（一轉身，死者也轉身一起望向遠處躺著的夏綠地）

珍妮／海倫　她一點食慾都沒有。真可憐，小嬰兒怎麼可以吃海綿蛋糕。

（海倫走到垃圾桶拉出一個沐浴海綿，胡亂塞給醫生，擠一擠。有調情的意思）

珍妮／海倫　真香。

醫生／海倫　或許我應該順便看一下病人的狀況，既然都來了。

珍妮／海倫　歐不！先吃完蛋糕吧醫生。我可以滿足你所需要知道的一切。

（海倫嘴巴裡有東西）

醫生／海倫　味道真不錯。

珍妮／海倫　不客氣，這是我從我媽媽那裡得來的食譜，裡面放了，祕密的香料。當然不能跟你透露，不然你可愛的太太就會做了，然後你就再也不來了。

（夏綠地對旁邊說，好像不想讓人知道她在說話）

夏綠地　珍妮這是哪位？誰來了。

珍妮／海倫　歐！不，你不用擔心，你應該好好休息，還有，還有呼吸空氣！歐醫生！你看她有多糟糕了吧。

醫生／海倫　阿珍，去告訴約翰我傍晚再來一趟，如果過幾天還沒有改善，我想我們就應該把她送進去。（害怕地，用海倫的聲音）

海　倫　去收容所？

醫生／海倫　我比較喜歡把它當成醫院，阿珍！

（漸趨痙攣發抖）

（夏綠地生氣，在遠處大聲喊，相當不滿）

海倫／夏綠地　你這樣做什麼意思？沒有人可以幫她了嗎？你太過份了，太過份了，我要替她

醫生／海倫　討回公道，我要詛咒你。（海倫發抖）

海倫／夏綠地　玫瑰一旦盛開，我們就將他摘下，慢慢碾碎，濕濕軟軟多美阿！

海倫／夏綠地　她一個人孤單單在那裡，她會寂寞地死去。

夏綠地／海倫　不要這樣丟下她，回來。

海倫／夏綠地　醫生已經走了。

海倫／夏綠地　回來！

夏綠地／海倫　快點，他會回來的，如果有人叫他。

海倫／夏綠地　他們不能把她帶走阿。

夏綠地／海倫　他們可以。（夏綠地冷笑，離開）

海倫／夏綠地　你要去哪裡。不要丟下我…你要去哪裡。

（夏綠地重入，換了一件更誇張華麗的衣服，像個貴婦，手裡拿著高跟鞋，優雅地喝茶。海倫瞪著她看，路線要與剛才他們兩人共同看見一個死去小孩的路線一樣，她邊走邊說）

夏綠地　珍妮，幾歲了？（珍妮嚇傻了）

珍　妮　十七。

夏綠地　有對象了？

珍　妮　麥可醫師真迷人，他戴眼鏡的模樣讓我想起喬治。他吃蛋糕的模樣讓我想起爹。

珍　妮　我想替他生個孩子。（害羞地）

夏綠地　我想你應該長大了。

珍　妮　我認為女人應該要為男人著想。如果他們不喜歡，就不應該勉強。

夏綠地　有一天你會老，變胖變醜又再變瘦，然後無聲無息的死去。

珍　妮　喬治不喜歡女孩子放學等他。

夏綠地　變成一個鬼魂。

珍　妮　我會跟著他一起去他住的地方。喬治認為女孩應該要能認得清方向。

夏綠地　一個聽話的鬼魂。

珍　妮　但我常常迷路。常常走著走著就天黑了。

夏綠地　所以你哪裡也去不了。

珍　妮　但還好總會遇上鄰居。有時候我就在不同人的家裡吃晚餐。

夏綠地　沒有人可以幫一個迷路的鬼找到路回家。

珍　妮　我想麥可醫師還會再來找我。

夏綠地　歐？他知道你在這裡嗎？

海　倫　男人都一樣。他們沒什麼可信，除了時間與科學。剩下其他的，能怎樣就怎樣。

珍　妮　姐姐，我懷孕了。（開心地）

夏綠地／麥可　有對象了？該長大了吧！

珍　妮　我進了醫院。白白一片。光線直瞪著我。我的眼睛依據指令張開又閉上，好像捉迷藏，我覺得全身涼颼颼沒穿衣服。姐姐，我好餓又好冷。

（夏綠地做出關燈的動作，冷冷地說）

夏綠地／麥可　看不見就不會痛，再忍幾個鐘頭。

（珍妮與夏綠地玩起了捉迷藏，珍妮躲，夏綠地抓。夏綠地還留戀於麥可之中，直到珍妮叫她大嫂才突然回神。珍妮嚇一跳變成狗）

珍　妮　汪汪。

夏綠地　你在做什麼？

夏綠地　這是我的房間珍妮。你進門應該先敲門，真沒禮貌。

珍　妮　。

夏綠地　你為什麼要碰他？

珍　妮　……（我沒有碰！真是冤枉）

（珍妮爬去把書刁在嘴裡走到夏綠地前面，放下後持續叫）

夏綠地　你怎麼知道的？

珍　妮　……（無所事事是不好的，你懂這道理吧）

夏綠地　我明明看到你手碰牆壁。

珍　妮　……（委屈，低嚎）

（夏綠地輕視地）

夏綠地　婊子！

珍　妮　（舔紙，然後被嚇到，驚慌夾著紙軸逃走）

夏綠地　我知道她在說謊，雖然她試著要裝出無辜的聲音。她在研究那個圖案。

（很得意地笑，接著夏綠地對觀眾說明）

夏綠地　而且我相信沒有人會發現除了我以外，因為這是我的夢，我能確信。

（夏綠地有詭計地穿上約翰的衣服，邊穿邊說）

夏綠地　珍妮從我房裡出去，就像狗夾著尾巴……這正好能讓我專心解開裂痕構成圖案的祕密。每次你認為你已經可以掌握它，以後就不會再有困擾，但是它翻一個身或眼睛一閉上又來了。打了你一巴掌，還把你往下敲，排斥你，要你走開，要你不要干涉它的自由，你聽到它虛弱的拜託的聲音，一場惡夢。

（夏綠地變成約翰）

約　翰　珍妮提到你。（海倫站直把紙藏起來，畏畏縮縮出）她說你今天讓她毛骨悚然，差一點把她嚇死。（海倫無辜地）

海　倫　亂講，是我被她嚇到吧！

約　翰　她告訴我昨天她抓到你自己在練台詞。

海　倫　昨天，不，約翰，她一定弄錯了。我是在唱歌。

約　翰　唱歌？唱歌也不行！

海　倫　唱亨利叔叔還有裘利的歌。

約　翰　為什麼要唱歌。

海　倫　我在練習。

約　翰　不許你練習！

約翰　太嚴重，太嚴重了！你是我養的狗。乖乖待著。你有聽過會對詞或練習唱歌的狗嗎？變態！你仔細看看，這裡多舒適，有沙發有床，還有風景。你的飼料碗總是有東西可以吃，聽我的話，如果你再偷著我來，我就在你的尾巴上綁上炸藥。

（海倫哭）

海倫　我求求你，約翰，讓我演，我自然一點就好。

約翰　我已經說了不准，同時我不會再說一遍了。

（約翰用手扶起海倫，制式地親她的額頭，然後把她帶到垃圾桶旁）

約翰　你乖一點，現在我要去上班了。

（海倫哭，約翰離開。她把夏綠地的衣服脫掉。對著垃圾桶訴苦）

海倫　我好累。（夏綠地轉向海倫，再次把書翻開）

夏綠地　讓我們繼續吧！

（唸）約翰已經七天沒有出現，我的牆壁剝落的面積越來越大，雖然他會打電話，告訴我診所裡有多忙……

海倫　不，我做不到，等待讓我精疲力盡，我連一秒鐘都無法忍受。

夏綠地　現在我還不想停。還沒結束，還有好多還沒說完。不然換一段試試看。

海倫　我需要幸福，我需要面對希望。

夏綠地　你要跟我在一起，我需要你的協助，我們兩個可以完成許多夢想，你表現的還行。

海倫　沒有人可以幫你。

夏綠地　觀眾想知道這些事，這些感受，我們得把人物弄清楚。

海　倫　它已經被埋在土裡，它死了。

（夏綠地穿上自己的衣服）

夏綠地　白天當我注視水面的時候，就像葉子飄進了池裡。單純直接的面對著一個概念，對健康的心智來說是不可置信的。事實上沉默已經讓我開始懷疑一切了。

（對遠方）

海　倫　或許老舊牆壁…天花板上的粉塵也影響了他。

夏綠地　約翰不是那種會被環境影響的人，甚至他能接受我常常提到。

海　倫　但誰能不被它影響？或許約翰就像它的結構一樣，甚至還樂在其中。

夏綠地　我曾看過約翰，在他不注意的時候，他會看著牆壁。珍妮也會。我有一次抓住她的手在她盯著牆壁瞧的時候。

海　倫　我想約翰也發現了這個祕密，他擅長此道。

（夏綠地突然充滿忌妒）

夏綠地　你說什麼！約翰到底還跟你說了什麼。你老實告訴我？他是不是還讓你聞他的味道？那個令我發狂的味道，因為你是他的，朋友。而我……

海　倫　你真可悲，你一點也不特別，對於他來說，你永遠不瞭解他，正因為你們之間沒有火花，那種一閃一閃像星光般的魔幻似的火花。而他其實什麼也不用作，也不用說，你就會癡癡的等，每次他只要空洞地看著你，你就害怕。隨便在任何一處都可以。我想

夏綠地　（輕笑）你大概就是我跟他之間的橋樑吧。

海　倫　噓！你看，我直直的躺著，我每天都這樣練習，別告訴約翰。你看（指著牆）有沒有看到，你想想或許在更遙遠的地方，世界好像越來越大了。

它會勾引你，沒錯，我開始從中找到樂趣，它是一種最令人陌生的黃色，你不覺得嗎？他讓我想起所有我見過的黃色的東西，不是那種漂亮的奶油起士，或是搖曳在風中的鬱金香，而是老舊的、壞的、臭的、黃色的東西。

我一來這時就發現的，在早餐室裡我一下子就發現了，他潛伏在浴室的牆上，在走廊總是躲著，並且在樓梯躺著等我。它滲進我的頭髮，我曾花許多時間要分析它。我嘗試去辨識它，起初還不錯。它是相當細微的，甚至在擴散的時候都是。但是現在我在半夜醒來時，都會發現它在我四周遊蕩，我曾想過要燒掉這個房子去找出那個味道。

夏綠地　約翰很愛我，他不會讓我誤入歧途。

海　倫　那是愛嗎？

夏綠地　至少我會那樣說。

夏綠地　珍妮，如果那時候你能平安長大。現在我就可以看著你面對你接下來的人生了。

（海倫漸漸迷失在她自己的故事中，在柱子／垃圾桶與地板間尋找她）

海　倫　她滑了出來，在浴缸裡，水漸漸變成紅色，看著她從我的雙腳間在這個世界淹沒，我停止尖叫。她開始試著在我鮮紅的河裡游泳。我把她舉起來呼吸空氣，她竟無恥地哭了出來，我突然感覺到一種羞恥與厭惡。我哄她別哭。（試著再哄她一次）我從來不知道像這樣的愛。我想要把她抱在我的懷裡，永遠不讓她離開我視線，我想要把我自己鎖起來，遠遠地，用一面有大大陽光的牆從此與她隔開。

海　倫　青春在我的肚皮吐絲，我是一個蜘蛛網，她跟我一樣美麗。如果她能順利長大。

珍妮／夏綠地　她有名字，安琪拉，我幫她取了這個名字，因為她是我的天使。

（夏綠地把海倫帶到椅子上，戴上麥可醫生的道具，安慰她）

麥　可　珍妮，戲不能這樣演。（夏綠地讓海倫坐下。開始清理地板）

麥　可　你應該偷偷留下一些感覺的線索，像這樣子，然後便不再有危險。

（劇本被放在海倫膝上，夏綠地拖地，對話變的相當有禮貌）

夏綠地　我想要問你一些事親愛的，我需要你幫我擺脫這個牆壁，可能需要一點時間。

海　倫　我不清楚，我還要忙別的事。不過，那也是演出的一部份嗎？

（夏綠地走到光區外說）

夏綠地　可以是，那可以作為演出的一部份。

（海倫翻頁但卻是空白，她接著往下翻但都是空白）

海　倫　什麼都沒有啊！

夏綠地　如果有一天我再也不能上台，也不能再去理解什麼，不能動，不能說，聽不到說話。如果有一種靜止無聲的狀態，當我獨自一人，我獨自一人，整天流淚。眼淚流進我兩邊的耳朵，我睡前哭，半夜醒來也哭，坐在床腳，看著持續痛苦的薄紗哭，就算我知道它是柔軟的。

夏綠地　親愛的，我需要你幫助我擺脫這裡。

海　倫　你應該遠離這裡，把我的箱子拿走，永遠不要再回來。

夏綠地　你說的對！我得讓我自己好起來。但我還得完成最後一件事。你要幫我。

海　倫　恩？

夏綠地　我得把她放了。她躲在裡面等待已經太久。

（她倆開始關注同一個牆上的東西）

一到晚上，那些圖案就要令她窒息，她眼睛都翻白了！每天都這樣，太折磨人了。我能理解為什麼她總設法要在白天逃出來。今天我看見她，在風吹過的小徑上爬行，車子來了，她就躲到藍莓藤架下，她只能那樣爬。

海　倫　我一點都不怪她，那一定相當不堪，白天被抓到在地上爬。

夏綠地　我會把門鎖起來，如果我在白天爬的話。我沒有辦法在晚上做這件事，因為我知道約翰一定會懷疑。除了我以外，我不想要讓任何人把她放出來。

海　倫　可能可以。（突然開始充滿罪惡感，並開始哭）

夏綠地　但約翰已經開始注意了。

海　倫　是我殺了她？

夏綠地　謝天謝地他今晚會在城裡過夜。

（夏綠地把書從海倫手裡拿走，手裡握著，海倫相當不高興）

海　倫　我不希望有人受苦，必須離開，現在，這裡，馬上。（海倫瞎忙）

夏綠地　這是一個必須完美無瑕的夜晚，聽我的你不能擅作主張。現在我們全部重新來一遍。

海　倫　走開！

夏綠地　他們都不是真的，你還不懂嗎？把燈打開，你不可以這樣，聽我的。

（夏綠地上前要阻止海倫，但被海倫一把推開，兩人拉扯）

（夏綠地有種勝利的感覺）

夏綠地　親愛的你在等什麼？在這樣風和日麗的日子能見到你真好，我能為你倒些茶嗎？

海　倫　你有想過，約翰正在外面嗎？

夏綠地　這真是美妙的茶，約翰有一個表哥從印度運回來的。

夏綠地　都準備好了嗎親愛的。

海　倫　門外有人。

（夏綠地拿著茶杯邊說邊走向窗口，她雀躍的心情讓海倫火大）

夏綠地　太棒了，因為我把門鎖起來了，還把鑰匙扔到前面的小路去。我不想要出去也不想讓任何人進來。

海　倫　不要往窗外看，會被發現。

夏綠地　你看！

（夏綠地看著遠方）

海　倫　相當香。

夏綠地　一顆糖還是兩顆？

海　倫　抱歉不加糖。

夏綠地　你說什麼？

海　倫　我告訴你，我來這裡只為了一件事。

夏綠地　我自由了，現在我自由了……

海　倫　自由算什麼，如果那只是一個夢。

夏綠地　你還想要什麼。

海　倫　我想去旅行。（海倫準備重新上吊，夏綠地不敢置信）

夏綠地　不可以！

海　倫　我只要在現在馬上死掉，我就可以從別處醒來。

夏綠地　我需要你的生命，如果你打算這麼浪費，還不如送給我。這樣我就可以讓她獨自一人，她可以躲在牆裡，就像我以前的樣子。

海　倫　你被困住了。

夏綠地　你不必再出去找什麼了，難道這不是你想要的嗎？相信我，沒有比這裡更適合你的地方了。我可以陪你等。

海　倫　你愛約翰。

夏綠地　我累了。

海　倫　那不是我的方式。

夏綠地　你不累嗎？

海　倫　你知道什麼是永遠嗎？

夏綠地　我們應該再來一遍。熟練點。

海倫＋夏綠地（唱）

他看著我們，就像葉子飄進了池裡。

夏天的晚上有光，閃閃亮亮。

初飛花瑪莉訓子

出處

據京劇老戲《三娘教子》與寺山修司1967年劇作《毛皮瑪莉》(毛皮のマリー)由劉亮延2008年中譯本之三次創作。

演出紀錄

2011年5月27日至29日於「台北皇冠小劇場」

2011年9月13日至14日於「北京正乙祠戲樓」

舞台指示　織布機與布匹

分場　第一場
第二場
第三場
第四場

人物

瑪莉／三娘　男妓，慈母，少時被賣入娼家，後經吉田相公以賤價贖身納為其妾，人稱三娘，官人死後為持家計重操舊業。

老僕／水手　忠臣老身服侍少主，有變身為瑪莉的慾望。事事配合無怨尤。

欣也／金城　吉田家少東，繼承人。

女孩／小瑪莉　一個崇尚西洋的西餐妹，但在最後撿了瑪莉的衣服穿。

男孩一與男孩二　扮成狗

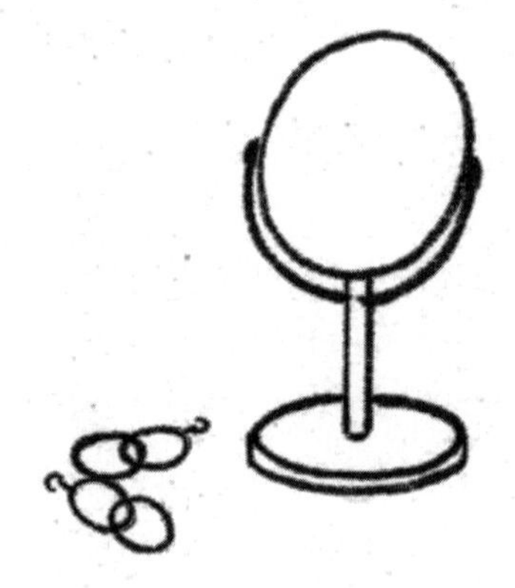

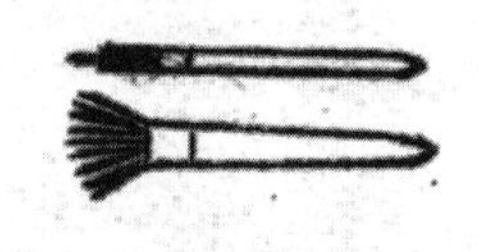

第一場

瑪　莉（內白）守冰霜貞節為本，作淫愁歲月如梭。

老　僕（內白）夫人，夫人！

瑪　莉（唱）王瑪莉坐草堂自思自嘆，（老僕上）

老　僕（韻）夫人，您不該站於門口張望。

瑪　莉（韻）此話怎講？

僕　人（白）您不該拿著個鏡兒，站在那裡四處張望。

瑪　莉　哦。（無心應答）

瑪　莉（唱）想起了我的夫好不慘然，

瑪　莉（唱）惦記著吉田君，

瑪　莉（白）歐！多開心！街上的鄰居都還盯著我瞧，這說明了我還行還能夠。接著便是要下決心了。

瑪　莉（唱）死後無產，絕境中再拾起少時所長。

（瑪莉掛燈籠，老僕又拿下，瑪莉、老僕進門）

瑪　莉（白）歐！真糟！又冒尖了！那個脫毛蠟不踏實，可不是嗎！

瑪　莉（韻）哪，去把刀剪拿了過來。（忽然對觀眾）

瑪　莉（白）看什麼鬼，你們又長雞眼了嗎？歐親愛的！這裡還有。

瑪　莉　（韻）果真過於滋養，到底我吃了什麼東西。
瑪　莉　（敏感地）你有將它削平嗎？
僕　人　（韻）夫人瞧瞧，鏡兒亮的就像面鏡。
瑪　莉　磨了便不痛了。
瑪　莉　當心。
欣　也　（內）哼！走哇。
欣　也　（板）奉娘命上學校苦把書來念，口兒誦心兒記勤讀那詩篇。
男同學都說我狗娘配龜爹，你笑我娼家養是出身真穢賤。
瑪　莉　（白）那是一個大雪紛飛的早晨，皇后生下了可愛的公主，小公主的頭髮烏黑，小公主的臉頰流血，自此便名作白雪公主。
（瑪莉朗讀，欣也偷看）
老　僕　別動！
瑪　莉　……
老　僕　（白）我不介意你念你的書，我已經習慣受冷落了。
瑪　莉　（白）你嫉妒這本書，對不對。（繼續刮）
（韻）欣也何在？我的兒呀。（一副不在意的樣子）
老　僕　（韻）時辰尚早，他應在學堂（邊說邊把刀上的毛撣掉、吹掉）
瑪　莉　（白）哎唷（把瑪莉刮痛了）是有將它削平嗎！

老僕 （白）我去換把刀來！（看著刀）

（欣也緊張的站到遠處，老僕向外走遇見欣也）

老僕 （韻）哎呀！少東主今日裡放學早。（驚訝）

欣也 （白）是啊！老哥哥，ㄟ，老哥哥，我的三娘呢？

老僕 （白）正在房中織布呢，快進去吧，（變色老頭狀）老哥哥我備飯去了。

瑪莉 （白）我的兒阿，為娘的我，發了誓要把你細心養育有朝一日考取功名光耀祖宗。

欣也 （白）孩兒與娘問安。

瑪莉 （韻）我的兒呀，你回來了。

欣也 （白）咦！不是在織布嗎？（左右看看）

瑪莉 （白）將你的書拿來背上一背，背完才吃飯去。來！為娘起頭，魔鏡呀魔鏡。

欣也 （白）魔鏡呀魔鏡，

瑪莉 （韻）魔鏡呀魔鏡，

欣也 （白）魔鏡呀魔鏡，

瑪莉 （韻）誰是世上最美的女人，

欣也 （白）誰是世上最美的女人，

瑪莉 （韻）是我。

欣也 （韻）夫人就是您。

瑪莉 （白）往下背。

欣也　（白）夫人您就是世上最美的女人，

瑪莉　（白）背。

欣也　（白）咦？這不是鏡子嗎。（戳鏡子）

瑪莉　（白）書哪有這樣背，那是一個大雪紛飛的早晨。給我背。

欣也　（不停的研究與觸碰鏡子，吱吱笑）

（白）那是一個大雪紛飛的早晨。給我背！娘，您這是在照鏡子吧？

瑪莉　（韻）你不背也罷。（不耐煩）

欣也　（白）不背就不背，那還更好些（繼續看鏡子）

瑪莉　（韻）你這奴才，快拿家法過來。

欣也　（白）拿家法過來你要打誰？（突然抬頭看瑪莉）

瑪莉　不打誰我打狗。

欣也　家法到。

瑪莉　（白）這家法太大，用不到，快取你的家法過來。

欣也　這不是娘的文胸嗎？

瑪莉　（白）哎！（韻）快將你的家法拿了過來。

欣也　（調皮偷笑把胸罩取走）怎麼用他去打狗呢？

（拿出一支捕蝶網子，交給瑪莉）

瑪莉　（韻）（接過）奴才，還不跪下。

欣也　（白）怎麼打起我了。

瑪莉　（白）就打你這懶惰成性的奴才。

欣也　（白）哼！跪下就跪下，說真話，打別人的娃兒不心疼，我又不是你親生，要打，自己生幾個來打！

瑪莉　呀！

瑪莉　（唱）（欣也補蝶，瑪莉撒蝶）
小奴才他一言愣住我，急憤難抑瑪莉王。
寡恥人二代目御當家我恐，實指望他自強報養育恩，
繼承吾業明辨性色。見此景不由人珠淚如梭。
（韻）今日不懂為娘苦，明日該當何溫飽。

81----------初飛花瑪莉訓子

第二場

老僕（唱）小東人下學歸言必有錯，如不然母子們吵鬧為何。

瑪莉（韻）奴才，我與誰人能生子？

欣也（白）抓到了抓到了抓到了，瑪莉叔叔。

瑪莉（白）瑪莉叔叔！不是說好嗎，叫「娘」。

瑪莉（白）「娘」……來，好好講。

欣也（白）娘……

老僕（唱）少年人實渴望，

瑪莉（白）此言誰人教予你！

（唱）無拘自由，犯了禁，亂胡言，敗壞家風

（欣也到處抓蝴蝶，其實是躲瑪莉，又跑去找老僕）

老僕（白）東人呀！（對欣也唱）

欣也（白）老哥哥，你看我抓了兩隻彩色豹紋蝶。

瑪莉（白）別引開話題，娘可不饒你，看你跑去哪。（欣也跑去找老僕保護）

老僕（唱）你三娘教訓你，

瑪莉（韻）我與誰人生子去？

老僕（唱）當心注意，你注意她神情秋波盈盈，少年哪呀！

欣也　（白）（原本很注意聽，一下又跑去抓蝴蝶）豹紋蝶？是豹紋蝶！！我抓到了第三隻
　　　你快瞧瞧呀。（對老僕說）

老僕　（唱）這才是養子不教父之過，教不嚴來師之惰。
　　　老身我說到此心中難過，三娘呀。

欣也　（白）三娘發瘋連你也發瘋，我真不懂你們大人想些什麼。

（瑪莉氣得衝上去打欣也，欣也痛得躲到老僕身後）

老僕　（唱）問三娘發雷霆卻是為何？（邊唱邊擋）

瑪莉　（唱）小欣也你不必苦苦哀告，背轉身去哭嚎啕。
　　　蝴蝶樂本是我兒時夢想，怎知他反將作挑撥歪道。

老僕　（唱）勸三娘休得要珠淚垂掉。（瑪莉抬手正要打，被老僕抓住手）

欣也　我又不是你親生的，要打你自己生幾個來打！（瑪莉家法掉下，呆坐）

老僕　（唱）老奴言來細聽根苗，千看萬看看東人的年紀小，
　　　望三娘念老東人下世早，只留下這一根苗，
　　　必需要輕打輕責，你饒恕他這遭，下次再不饒。

瑪莉　（唱）你說他年少他卻與你好，蜜蜂蝴蝶戲弄情挑。
　　　自古道人無有千日好，花開花敗百日嬌。
　　　提什麼燈來把什麼子教。

瑪莉　（韻）蝴蝶之樂呀！（抓著欣也的手向外走）

欣也 （唱）殺了他如意火爐燒。

（白）不依不依，人家是蛾不是蝴蝶。三隻豹紋蝶多難得，我得愛護他們，照顧他們長大。

瑪莉 （白）然後再把他們殺死。（對老僕說，老僕無奈下）

欣也 （白）娘！我何時能離開這個屋子？（看著瑪莉）

瑪莉 （白）（回身與欣也親密的一同坐下）（瑪莉慈母狀）

我的兒啊！你娘的學堂是牢房。好比髒惡臭的馬房。娘的同學全是痲瘋病人、馬與跳蚤。娘上牢房學習不是學打草，也不是擠馬奶。娘是去學習做人和嚴肅之事……娘學習如何拿準角色，什麼人拿什麼活兒，什麼角出什麼功。娘明白了一個人便足以在桌上雲遊世界環遊仙境……也可以在惡臭的草堆上看盡歷史滄桑，即便是那根本只是間沒有糞坑的水泥牢房。（欣也認同狀）

欣也 （白）娘，餓了！

瑪莉 （白）孩兒。你曉得現在身處何方？告訴娘你在哪兒？

欣也 （白）我在……在……娘的…

瑪莉 （白）黑森林亞馬遜？還是獨眼王亞述國？

欣也 （白）那是睡覺的地方，娘！

瑪莉 （白）笨蛋！（瑪莉下）

欣也 （白）（指自己）笨蛋？

女孩 （白）哈哈哈！笨蛋。

女孩 （唱）我千里遠征相見樂，沒有大事不登門。
不是你親眷不敢相認，可就算相認又不親，
看你年紀輕沒有至親人，可憐的處境我心疼我來出主意，
別看我一身蝴蝶衣，我有一顆紅亮的心。

女孩 （白）（四處巡視）哇！這屋可真有範兒，背朝黃土面朝天，不是嗎，空空盪盪多悽涼……一隻螞蟻都沒有。

欣也 （既緊張又高興地）

女孩 （白）哇！真的是什麼都沒有……（驚奇的到處看）

欣也 （白）咦…瑪莉先生…知道…你在這裡嗎？（興奮又好奇的往前追問）

女孩 ……（不知道怎麼回答）

欣也 （白）是瑪莉先生邀請你來的嗎？（女孩子被追問到跌倒）

女孩 （白）是啊……

女孩 （唱）你枉讀詩書與經典，豈不知身陷大局騙，
瑪莉可憐色凋零，說腋毛濃密鄰里傳。
素無瓜葛非親眷，你運命之事何我干，
今日幸有姐提點，不然你性命就難保全。

欣也 （白）我的……

女孩　（白）你爹？你哥？愛人，喔？你同性戀。

欣也　（白）她是我娘！

女孩　（把雙臂張開像蝴蝶翅膀）

（白）歐，親愛的，這是我一生中曾聽聞過最風趣的事了……

（假裝收回笑容）

（白）不好意思，就算這樣有點失禮。但你指的是，她是你娘？

欣也　（白）不假。（整理手中蝴蝶，將兩隻放到腰間）

女孩　（白）嗯~我該怎麼想那樣的娘呢？陰陽怪氣，不男不女，她到底是站著撒尿還是蹲著撒尿呢？一個日日刮腋毛的娘……這是多麼忙碌的又個人主義的母親啊！

欣也　（白）她雖不是我親娘，但她絕對是仁慈的三娘！

女孩　（看欣也的蝴蝶）你指的是這些蝴蝶（輕蔑地）還是她讓你上學？

欣也　（白）是瑪莉先生……要你告訴我這些嗎？

女孩　（笑）

欣也　（從腰間拿出鎚子，轉身去把蝴蝶釘到牆上）你到底是誰？

女孩　（跳方格）誰？誰？你成天追著蝴蝶多無趣，每天獵捕雙翅昆蟲……卻不能跟牠們，爽！（盯著牆上的一隻蝴蝶標本）這是隻馬達加斯加彩色豹紋蝶，你應該去了很遠的地方齁，很辛苦吧？

欣也　（白）娘都替我打理好了，我只要上學背書，然後繞著紡織機跑一百二十圈就行了。

（蝴蝶掉在地上，女孩湊過來蹲著看）

欣　也　（白）這確實對我有所幫助。我並不是那麼強壯，男同學欺負我，我始終不能逃去太遠的地方。

女　孩　（白）你只能留在這裡，（欣也也蹲下，兩人一起看蝴蝶）只能把蝴蝶釘在牆上，如此快樂的日子，你的人生才要剛開始。

欣　也　（白）事實上，瑪莉先生不准我跟陌生人說話，

（女孩要碰蝴蝶）喂！你不許碰！

女　孩　（白）歐，牠們都死了！

欣　也　（乾笑）沒錯，我把牠們全都殺死了。

女　孩　（白）牠們都被晾乾了。

欣　也　（拿起蝴蝶）這隻黑色燕尾蝶是我一手養大的。我把一隻母蝶的翅膀撕掉，在牠懷孕的時候，把牠放到玻璃瓶。在人造燈下，每個月我都餵牠吃一點和了水的蜜糖。直到有一天，在瓶子底部的濕棉花上，牠終於生下我夢想中的蛋，蛋越長越大，越長越大，直到牠們變成炭黑色的燕尾碟。我每天都念詩給牠們聽，培養牠們的素養。

女　孩　……

欣　也　（白）然後當牠們漸漸長大，直到能夠飛的時候，我就用福馬林把牠們封起來，再殺了牠們。

女孩　（白）你為什麼要殺牠們？

欣也　（白）如果牠們繼續活著，翅膀就會參差不齊又軟又髒。你知道這個世界上有越來越多越來越多突變的病毒跟細菌。

女孩　（白）你真差勁。

欣也　（白）你喜歡蝴蝶嗎？

女孩　（白）我比較中意蜘蛛！（做作）

欣也　（白）什麼？（驚訝）

女孩　（白）但，我更熱衷於作女孩兒，就像福馬林與蝴蝶（玩手指）這是一種心理問題！（禁忌遊戲的感覺）我們來玩猜謎遊戲好不好？猜猜，女孩跟瓶子的不同是什麼？你會先在瓶子裡放進東西，才放入防腐劑，但女孩是，你先放防腐劑進去，才在裡面弄些其他什麼，你懂嗎？

欣也　（聽不懂，空洞的看著前方思考）

女孩　（很想確定）告訴我，你先把蝴蝶放進瓶子，然後才慢慢加入防腐劑，對不對？

欣也　……

女孩　（白）但如果是女孩兒，你會先放防腐劑然後……

欣也　（傻眼）

女孩　（笑出來）

欣也　……

女孩　（白）來……把防腐劑放進我身體裡。（小聲說）

欣也　（害怕地推開他）

女孩　（大聲激動的說）把你的防腐劑放進來……（她要抱欣也但被掙脫）你為什麼跑開？

欣也　……

女孩　（白）你不是想要做出漂亮的蝴蝶嗎？

欣也　（白）恩……

女孩　（白）我們一起進到罐子裡，裡面很乾淨，透過玻璃就可以看見外面的世界。

欣也　（白）你……

女孩　（白）你不是有那個糟糕的防腐劑嗎？

欣也　（白）你你到底是誰，你頭腦是不是有問題啊？

女孩　（白）我的腦袋？（笑）沒錯，我十三歲時，月亮掉下來，不幸的我被它撞到頭，就是這裡，從此以後，我就患了跳舞成癮症。我變得非常非常，非常寂寞，我無法一個人睡覺。

欣也　（白）我……我。（想幫助她）

女孩　（白）以前上學的時候，（不理會欣也繼續說）

（白）我曾畫了一張叫做「地平線」的畫。我只在白紙上畫了一條線，然後我拿給老師看。（學老師口吻說）「地平線不只這樣長吧」，所以我又重新把那條線畫的更長，超過了圖畫紙，到桌上，地上，直直的穿過門、走廊，一直到操場上。（說著說進後台）我一直畫一直畫，心裡想著地平線一直到世界的邊緣⋯⋯我好害怕，然後我大聲哭了出來⋯歐！我不應該把東西畫這麼長，如果我當時決定要畫芝麻或是綠豆就好了，可惜，一切都太遲了。

欣也　（白）然後呢？（找女孩）

女孩　（她擦乾眼淚，擤鼻涕，走回舞台上）

欣也　（白）你就這樣繞了地球一圈嗎？

女孩　（白）當然沒有，你以為我幾歲了。

總之（作一個撩人的姿勢）我真幸運，路上出現了一棵樹，一棵樹⋯⋯

欣也　（白）一棵樹？

女孩　（白）是！一棵樹⋯我用蠟筆畫的地平線，就纏在樹幹的地方，不論我畫得多長，地平線就是一圈又一圈的纏在那棵樹上。最後，我只好放棄那個美術作業，從此再也不上學。

（欣也著迷地聽著，女孩害羞地又慢慢靠近他）

女孩　（白）「歐！地平線，今天你走的多遠啊？」

「歐！地平線，今天你走的多遠啊？」

欣也　（白）我不確定我都明白，你是說⋯⋯

這是我寫的第一首詩。

女孩　（白）「你身體所有的線條，就是我太平洋的天際線」。

（把欣也的上衣脫掉，欣也任憑這個女孩，直到她開始要把欣也的褲子脫掉）

欣　也　（白）你在幹什麼！

女　孩　（白）你的塞子，你的塞子！

欣　也　（白）不要碰我！不要碰我！我要離開這裡！我不想要做任何人的朋友！我再也不想要知道什麼事情了。

女　孩　（白）那麼，你想要跟蝴蝶一樣，去睡覺嗎？

欣　也　（白）像蝴蝶？

女　孩　（白）是啊……（興奮）變成一隻蝴蝶，然後…你就會說蝴蝶的話，然後，你再也不用追逐蝴蝶（誘惑地口吻）你將會自由。

欣　也　（白）要怎麼做？

瑪　莉　（內白）（女孩成為強勢的一方，壓在欣也身上）要變成一隻蝴蝶，首先你要變成一條毛毛蟲。變成一隻毛毛蟲！變成毛毛蟲！變成毛毛蟲！你得先抹上毒藥，把自己弄髒，你要懂得欺騙與裝傻，這樣才可以變成美麗的蝴蝶。

欣　也　（白）不要，不要，不要。

（欣也把女孩推開，女孩消失在燈區外，瑪莉憤怒）

瑪　莉　（白）孽子、畜生，不知進取！你不學習看我索性……

老　僕　（唱）見三娘她把這機頭割斷，嚇得我老薛保膽戰心寒。
走向前來把好言奉勸，匕首刀閃鋒芒月色一片，遭不幸老東人在開封命染，黑衣者如飢狼熱血飛濺。
恨只恨張劉二氏楊花水性變，一個個急急令趕嫁別男。
喜只喜三主母發下了誓願，竇燕山有義方來把名傳。
怪只怪小欣也愚鈍心性，老東人把世厭寧赴黃泉。
教之道貴以專孟氏有言，你來看哪！
撇下我這老的老，這小的小挨門乞討，
也要撫養我家小東人！啊，三娘啊！

（欣也被嚇哭，邊哭邊睡著，老僕拉他起，欣也睡眼惺忪）

老　僕　（白）欣也東人快快起。謝過你的三娘（穿上瑪莉的衣服，對欣也）你看到了吧，我是如此醜陋的老太婆。大家都叫我瑪莉婆婆，但是你看我還是個狼人，吸血鬼，殭屍！現在我準備好了。我已經完成了，把我自己偽裝成，就我自己的工作，我無法相信，我是如何地像我自己（小聲）這是真的，我從來沒有讓任何人看過。

（回頭看欣也再看鏡子）
（韻）魔鏡啊魔鏡！誰是世上最美的女人？

欣　也　（白）魔鏡啊魔鏡！誰是世上最美的女人？（揉眼睛說）

老　僕　（白）（對欣也說）現在就在這裡，你最美麗，但白雪公主勝你一千倍，快同我講。

欣　也　（白）歐？整整一千倍比我還美麗嗎？一千，意思是十遍一百倍，或是一百變十倍……

為什麼，整整比九百九十九還多的數字哇！

老僕（白）那麼這位傳說中的白雪公主，到底身在何方呢？（一同看遠方）

欣也（白）我不知道，她……或許是在很遠的國家或某個森林，或是在某個有可能的港口，某個破碎的靈魂。在她自己家鄉的郊區，有間廉價的同性戀卡拉ｏｋ酒吧裡，好像曾經有人見過。

老僕（白）那麼我們應當立馬起身打探她的下落，我們要認真尋找，從派出所、籠子、投幣式卡拉ｏｋ、三溫暖、藏在檳榔攤後面的貨櫃屋、流浪動物之家、和所有橋下的鐵皮工寮。只是，

（韻）老身已殘走不動了⋯

欣也（白）那我該怎樣，才會像你一樣走不動呢？

老僕（韻）你何不找人練習練習去。（以極緩且恐怖的方式）

第三場

瑪　莉　（白）多麼美的一條直線，陽剛俐落，簡潔整齊，你看看，甚至比真的都還要更好。真不錯。

（對著刺青的水手，他尚未改變姿勢）

（老僕手腳慌亂還來不及換裝成水手）

瑪　莉　（白）這應該就是我藝術生涯的巔峰之作了。以前，我描繪過許多男人的東西，但從未出現像你的那樣…這是第一次我在創作的時候，我的手在發抖。

水手／老僕　（白）但是瑪莉小姐，你畫那個有什麼用？

瑪　莉　（白）有什麼用？

水　手　（白）我想不透你能拿這個賣錢嗎？

瑪　莉　（白）歐！這是一個好主意！（竊笑）我想，等我年老色衰，再也沒有客人上門，就是轉行做藝術家的時候了，我要辦一個個展，男妓瑪莉才華洋溢退休醉心藝術創作，慈母藝術家，如何，這樣的標題，多正面多好。

水　手　（白）現在可以了。（滑稽動作）

瑪　莉　（白）哼！你的樣子真滑稽。

水　手　（白）恩。

瑪　莉　（白）快把你的褲子穿上，在你的那個熱棒溢出青春的汁液，弄髒這個地方之前。

水手　（白）有差嗎？

瑪莉　（白）哇！你這頭老虎！你怎麼可以這麼勇猛？（對畫）

水手　（白）很久以前，我曾是個馬路劃線員（認錯地）但那已經是四五年前的事了，事實上甚至可能還更久。

瑪莉　（白）你說什麼？你也是個藝術家？那些馬路上紅紅白白的線都是你畫的？歐！能夠擁有那麼多粗粗歪歪的劃線作品，歐，你是我的英雄！像我這樣一個女人，一輩子都只能在風中被命運的紅腰帶綑綁。

水手　（白）恩。（很挫折地）

瑪莉　（白）總之，我們應該慶祝一下。（二人舞蹈）

瑪莉　（白）喝口茶吧。

水手／老僕　（白）茶？

瑪莉　（白）我的喉嚨著火了（學狗滿足地叫），這都是你惹的禍。

水手　（白）我的錯？

瑪莉　（把眼光投向水手，眼裡閃爍慾火）對，全都是你的錯！都是你的錯。

水手　（白）我也是！我從來不知道會這麼舒服。

瑪莉　（白）我不能沒有你了，老虎！（對水手）

水手　（假裝狗叫）

瑪莉　（白）來吧，對我咆哮！狂野一點！再狂野一點！（倒茶）

水手　（白）瑪莉先生，你還是留了很多…很多東西，證明你是個男人，告訴我，你為什麼要穿成女人的樣子？

瑪莉　（韻）（生）和你在地上劃線，是一同的道理啊！那馬路本來就無有方向，（旦）可你為何，就偏偏把違逆自然的東西弄在上面？

（水手無法回答）

瑪莉　（白）你總是可以從一張白紙上，找到已經在上頭的東西，就算你什麼也不畫，對吧。為什麼一個藝術家，就是無法滿足於就是一個藝術家？當你周遭所有的人，都在角色扮演，有些人演警察，水手，哲學家，有些人演足球員。你覺得女人扮男人有什麼好大驚小怪的呢？

水手　（白）但瑪莉先生！做警察、水手或者馬路劃線員，他是種職業，正當的職業。

瑪莉　（白）唷！我這不也是謀生賺錢嗎？但無論我賺不賺錢都不重要了，畢竟，生命就是一個獨幕劇。不管你樂意不樂意唱，它一但開始就不會停。一個演員的工作，就是要把他自己偽裝在角色裡。這是鬼所做的事兒，他們在偽裝上又偽裝了一遍，直到他把所有的偽裝都偽裝起來。然後他聽著，從他的墳墓裡面傳來的鼓掌喝采，嘿嘿（變調聲音）一，個，人。

水手　（白）這不是喝采，你再聽一遍，墳墓裡傳來的只有冬天的寒風。

瑪莉　（白）笨蛋！那是因為風沒有形體，所以也沒有消失的問題。

（欣也上）

水手　（白）你知道人家在背後，叫你什麼嗎？（天真但是嚴肅）
瑪莉　（白）我當然知道！怪胎！玻璃！男人婆！雞姦者！GAY！
水手　（白）不只有這樣。
瑪莉　（白）不只這樣，那還有什麼？
水手　（白）恩……變態！（支支吾吾地）
瑪莉　（白）歐！是啊？
（仁慈地笑著，然後再幫水手倒茶）（得意）
看來全世界的人，都說我是不自然；假的；違反上帝意志的，但那又怎樣。真的假的，反正都要世界末日了。
（欣也在後面發出聲音）
水手　（白）那是誰？（不自在地）
瑪莉　（韻）那是我唯一的兒子，他在我十六歲的時候出生。
水手　（白）出生？
瑪莉　（生）我便是那男孩的母親。
水手　（白）是嗎！（幾乎把整件事當成笑話）我想這應該都是表演的一部份吧……你只是這樣稱呼，你現在演的角色。
瑪莉　（韻）你說什麼話呀！（白）哼！這就像媽媽跟孩子那樣，我們不但長的很像，我們會對彼此失望，我們還會互相鄙視，總之，我們過得很好。

水手　（白）那他真正的媽媽怎麼了？

瑪莉　（韻）死了。

水手　（白）死了？

瑪莉　（白）是的！（詭異的聲音）就是這樣！我殺了她，靠近一點，小狼狗，讓我將故事對你言講。（瑪莉湊進水手，但水手已經變得相當排斥與害怕了，瑪莉的手重重地放在他肩膀上）你不是想要知道嗎，這個血跡斑斑的故事？

水手　（白）恩，是啊，沒錯，改天我們時間多一點再說……我該去收拾碗盤了。（疑惑地起身）

瑪莉　（白）噓！（試圖制止他移動）現在正是說故事的好時候！以後沒有時間了，就是現在！一個黑暗幽冥的床邊故事。一個由感傷的詩句所組成，被詛咒的詩集。縱使我已經朗誦了好多遍，寡婦瑪莉王的悲慘命運以及她的養子…

（轉身脫衣服，點菸，酒）

瑪莉　（白）我是一間廉價酒館的童養女，（優雅甜美做作）（眨眼）面對著一條通往屠夫戶的水泥路。那是一間整天都有卡拉ｏｋ音樂的，大垃圾場。

瑪莉　（白）我長大了，開始當服務員送菜，當然其他服務員全是女孩，他們全都歧視我。他們不讓我泡澡。沒有人陪我睡覺。並不是因為我長的醜，純粹只是我有一個小雞雞。我每天晚上流淚，手裡拿著剪刀，心裡想著「歐，如果我沒有這個愚蠢的香腸在兩腿之間晃來晃去該有多好！」是的！（抓出欣也）曾有一個很可愛的女服務生叫做金城。她是唯一對我友善的人，她總是借我乳罩與內褲，小毛衣一類的東西。

（瑪莉強迫僕人演自己）

在我懂事以前，我就已經變成女孩了。我開始認真思考，月經來的時候我是該用棉塞好呢？還是用棉巾好。我想我是不是應該把鼻子弄挺一點，如果不好看的話……有些時候我都在想，不喜歡吃地瓜的我，是不是工作還不夠認真，跟其他追求自我進步的女孩們比較起來

（把欣也和水手拉在一起）

金城跟我總是一起分享筆友雜誌，也會一起洗澡。

（把兩人往下壓）

就在我十六歲那年的秋天，我開始覺得，我是個羽毛漸豐的女人了。

（把僕人支開，自己上前瞪著欣也看）

但是金城開始嫉妒我的女性魅力，她真是一個小心眼的人……她臉上的的表情好像印刷品褪色之類，還有，她說話時都用噁心的鄉音。任何人只要第一眼看到她，就會知道她是個鄉巴佬。也難怪她會嫉妒我不同凡響的美貌。這整件事情就這樣變成了白雪公主的惡夢……然後……這個曾經我很好的金城，就開始在各個轉角，擋起我的路來。她會抓住鏡子，然後說

（打欣也要他說）說啊，說啊。

金城　（白）「魔鏡，魔鏡，牆上的魔鏡，誰是我們之中最美麗的那個？」

瑪莉　（白）當然作為鏡子（打開扇子），它總是不好意思地回答，「是小瑪莉小姐，她是世界上最美麗的女孩兒。」（嚴厲的看欣也）金城會抗議的說，

金城　（白）「瑪莉是男孩，她根本就不是女生。」

瑪莉　（白）「是小瑪莉小姐，是小瑪莉小姐是小瑪莉小姐。」

（不滿意的打了欣也）（回身坐到椅子上敘述）

有一天夜晚，金城把鏡子拿出去扔在水泥地上。過了一會兒，來了一台速度飛快的卡車，一下把它碾碎。那天晚上，金城的臉上充滿著喜悅，眼睛閃閃發光，就好像把幾百萬光年以外的星星都在握她的手上。

隔天晚上睡覺的時候，金城爬到我身邊，當時我趴在床上正在看少女漫畫。當我快讀到最精彩的部份時，當那個王子，那個根本就是個女孩子的王子，準備來解救她，金城就溜進來了，溜到我的睡衣裡面偷摸我屁股。

就像是…像是夢裡的散步。哼，但我馬上就讓我自己滑入狂想中（僕人無法進入角色，瑪莉對僕人嚴厲的重複「狂想中」，瑪莉失去耐心，拉住金城的手摸自己繼續演）把腳移開。可惡的金城竟然開始撫摸我的，我那敏感又光澤的肌膚。她幽幽地憋住呼吸，就像小偷去偷雞窩裡面溫熱的雞蛋，那種很嚴肅的樣子。

（欣也不好意思收回手）

小瑪莉　（白）「喂喂喂！你沒什麼好不好意思的，是我的身體受刺激又不是你的！」

瑪　莉　（白）我感覺越來越舒服（一個人沉醉其中），越來越舒服，越來越舒服，最後我叫出他的名字，還試著要抱她。但是她遠遠的躲開，我碰不到她的身體。我無法承受了，最後，最後就用我自然的聲音懇求。

小瑪莉　（白）「歐！金城！給我。」

金　城　（白）「啊……嚇死人了！大家快來看，快來看瑪莉的身體！」

瑪　莉　（白）此時所有的女服務員，全都跑到我的床邊，我絕望地縮起身體，就像狐狸露出了尾巴，擱淺在性愛的海灘……

小瑪莉　（僕人說）歐！我是一個四處流浪的吟遊詩人。

金　城　（白）「他還說她是女孩！她還說他自己是女孩！哈哈哈。」

瑪　莉　（白）我無法承受這種打擊，黑暗中我無地自容，我飛奔到大街上狂喊。

小瑪莉　（白）歐，好痛！（不小心撞到一跟柱子）

瑪　莉　（韻）從那天夜裡，我便立下毒誓報仇，我要讓金城感受到一樣的困窘。讓這個真正的女人體會，什麼叫羞恥。

水　手　（白）我懂了（抱著撞到的頭，邊揉邊說），那個不男不女的孩子，那個在門外唱歌跳舞的孩子，是你的兒子！

瑪　莉　（白）我兒子？（點起長長的香菸，表現出沉思的樣子）

水　手　（白）是啊，他真的是你兒子。你一直照顧著他，就像關在監獄裡。你把兒時的傷痕移植到他身上，這就是你復仇的方法。

瑪　莉　……

水　手　（白）換句話說，你真的是這個男孩的父親。

（瑪莉緩緩地吐出煙圈，沉默）

瑪　莉　（白）胡說！別傻了。記得，那是個五月的傍晚，在一班返家的火車上，我付錢給一位店裡的常客，央求他強姦金城。起初只是出血，後來，她漸漸舒服，她的指傷了那人的背，興奮地顫抖。

我靜靜看著他們，然後我便決定要奪取那種表情，那種女人高潮時的表情。

（又吸口菸）不久金城懷孕了…不幸生產時又死了。那小雜種是個男孩兒，但我要把他教養成女孩兒。他是個傻子，但是他的心，是純潔的。他就像隻小鳥般的新鮮與美麗。哈哈哈！我要把他變成一個性交爛泥堆中的肉體垃圾桶。

（欣也聽到這些話，疑惑又驚恐的離場）

水　手　（白）這是真的嗎，瑪莉先生？（瑪莉笑）

水　手　（白）都是騙人的吧？

瑪　莉　（白）你有停下來想過，這個世界是怎麼組成的嗎，水手先生？所有「表現的」東西！不只是狗肉罐頭的商標……電氣用品的外殼，我們的人生，就是一個展現在你眼前的，包裝在裡面的大謊言。為了要知道裡面是不是真的，你必須先把表面當成假的，對吧！

你必須先搞出一個大驚小怪的事兒，好讓你的靈魂航向遠方。你擲一個銅板，從兩面選擇中做決定。輸了的那一面就變成錯的，然後你就追著相反的另一邊跑。在這樣的機率法則中決定的就是真相⋯所有半途脫隊的，無故消失的全是假的。

什麼是真的？只有你他媽的被笑被嘲牛馬不如小三亡夫摧枯拉朽只能重點紅燈的你自己一個人才是真的。（她生氣地吸菸）

就是這樣子！我的故事說完了。

第四場

欣　也　（白）骯髒骯髒真齷齪！（含糊地）

（欣也把桌巾一圈一圈圍在自己身上後倒下，發抖哭泣，欣也學毛毛蟲在地上爬，肉體垃圾桶⋯我是肉體垃圾桶。女孩跑進來，四處找她的福馬林罐子）

女　孩　（白）我的罐子！我的罐子！罐子在哪裡？（她幾乎要把欣也絆倒了）親愛的！怎麼了你？你怎麼把自己搞成這付德行？

老　僕　（白）少爺你的塞子在這裡。

欣　也　⋯⋯（看著換了衣服的女孩露出莫名奇妙的表情）

老　僕　（白）把自己弄成這副德性真是不孝⋯⋯（看著二人說）

欣　也　（白）我打算這樣過今年冬天。然後春天很快就會來了。

老　僕　（白）少爺你不要緊吧？⋯歐天啊，你在發抖。

欣　也　（白）不要管我，我已經變成蠶蛹了。

女　孩　（白）蠶蛹？

老　僕　（白）蠶蛹？

欣　也　（白）蠶蛹。毛毛蟲，然後就是蝴蝶了⋯我都已經知道了⋯人的一生中注定有三個變態。

老　僕　（白）但是，接下來⋯⋯

女　孩　（白）他以為他看起來像個蠶寶寶。（抑制住不笑出來）

（欣也試著要把自己在縮小一點，好渡過寒冬。但眼淚卻留了下來）

欣　也　（白）我已經學會所有蝴蝶的話了，用蝴蝶的語言，一個蝴蝶的網子是用來檢驗的，樹幹上的洞就是一個廉價旅館。花是餐廳，花蜜是白蘭地。

在他們知道怎麼穿裙子跟學會化妝以前，毛毛蟲就是小男孩…也就是說，毛毛蟲都是處女，但之後他們學的很快，雖然他們都還只是毛毛蟲，不懂得飛。

（突然變得很擔心）

請問你是從哪裡來的？

老　僕　（白）從那個方向來的。（用手指著，一切速度便慢）

欣　也　（白）娘知道嗎？

老　僕　……（咳）

欣　也　（白）沒有人會從那個方向來…如果娘發現你從那邊來，她會罵我。

老　僕　（白）沒什麼好怕的（勇敢地）…如果你變成一隻蝴蝶，你就能從這裡飛出去了。

（欣也又開始發抖，姿勢不動）

女　孩　（白）你到底怎麼了？

欣　也　（白）我現在懂了…三娘他恨我…

女　孩　（白）歐！親愛的…

老　僕　（韻）少爺呀少爺，怎麼你今日裡盡說胡話，使三娘內心難過。快將家法取置過來。

欣也　（白）就算我變成蝴蝶，我也飛不出這織布房…我只能繼續受人譏笑，總之我不是天生自然的。

老僕　（白）少爺？自然？你真的相信世間有這種東西嗎？

欣也　（白）用蝴蝶的話說……

女孩　（露出興奮的表情）

欣也　（白）用蝴蝶的話說，生孩子是自然的？

女孩　（韻）你說什麼聽不懂。

老僕　（韻）看來少爺東人已知錯，實已勤讀書篇（對觀眾）

欣也　（白）快幫我把桌巾剪開！我需要更多布料，你不懂，就連月亮都是人工的。

欣也　（白）但是用蝴蝶的話說……

女孩　（白）你以為你可以在裡面躲多久？

欣也　……

老僕　（韻）少爺你快些出來，老身教予你該如何是好。

欣也　（白）我要永遠待在裡頭……我已經決定了。

女孩　（白）你知道什麼叫做雄蕊與雌蕊嗎？

欣也　（白）那不是蝴蝶說的話，那是人類說的。

老僕　（韻）每一個毛毛蟲都要學會，在變作蝴蝶之前。

欣也　（白）不要，我們不可以！三娘會…（女孩與老僕把他壓下來）娘…

（韻）瑪莉我的娘親啊……

老　僕　（韻）小東人要乖乖地講啊。

女　孩　（韻）這就是人生所謂的快樂。

欣　也　（白）快…樂？

（女孩拉起桌巾，欣也滾了幾圈，跳起來，試著要逃走，女孩追他）

女　孩　（白）真是個蕩婦！

欣　也　（白）我不會變成蕩婦，我只是假裝成蕩婦的樣子。

女　孩　（白）真的嗎？（笑，對老僕）你操完他就來跟我領錢，聽著，一定要弄到他流血，
我要他這輩子牢牢記住。

（老僕用力壓住欣也，女孩照鏡子）

欣　也　（白）你們準備好要把我殺了嗎？（用力想要掙脫）

女　孩　（白）不，雖然表面上很像，但事實上並非這樣。

欣　也　（白）真的？只是假裝？

女　孩　（韻）天旋地轉了吧（欣也呻吟），春夏秋冬…
我應該在那裡停止呢？我的手在你呼吸的根部！

欣　也　（白）放開，放我走！

（瑪莉手拿紅腰帶出）

瑪　莉　（唱）兒欣也已知錯淚已流滿面，

女孩　（白）春夏秋冬春夏秋冬春夏秋冬啊⋯⋯（站起來輕快舞蹈）

女孩　（白）白雪公主回來了。

老僕　（白）白雪公主（突然間停止抽插動作，雙眼雪亮，充滿快樂回憶）什麼白雪公主（眼睛變成憎恨）三娘？（捶自己的胸口）難道是皇后先生穿著白雪公主的衣服回來了？

女孩　（白）你看你，有可能把他給弄死。

瑪莉　（唱）瑪莉王時至此不願其苦。

老僕　（韻）夫人（緊張把褲子穿上），欣也恐怕氣絕，您看這光景要訓就訓我吧。

瑪莉　（唱）未亡人養育兒一十三年，料不想你老少二人恩義如山，

欣也　（白）母親。（痛苦地爬起）

瑪莉　（唱）想當年你親娘反急嫁他男，巧計設定取盡家財，

瑪莉　（唱）三娘我守苦節為的是哪個。

瑪莉　（唱）從今後勤學習，莫使壞。

我兒成名，家業改換。

憶往事不必可憐，實不枉瑪莉我初飛花訓子。

老僕　（韻）三娘。

欣也　（韻）母親。

老僕　（韻）都入內去吧⋯（一齊入內）

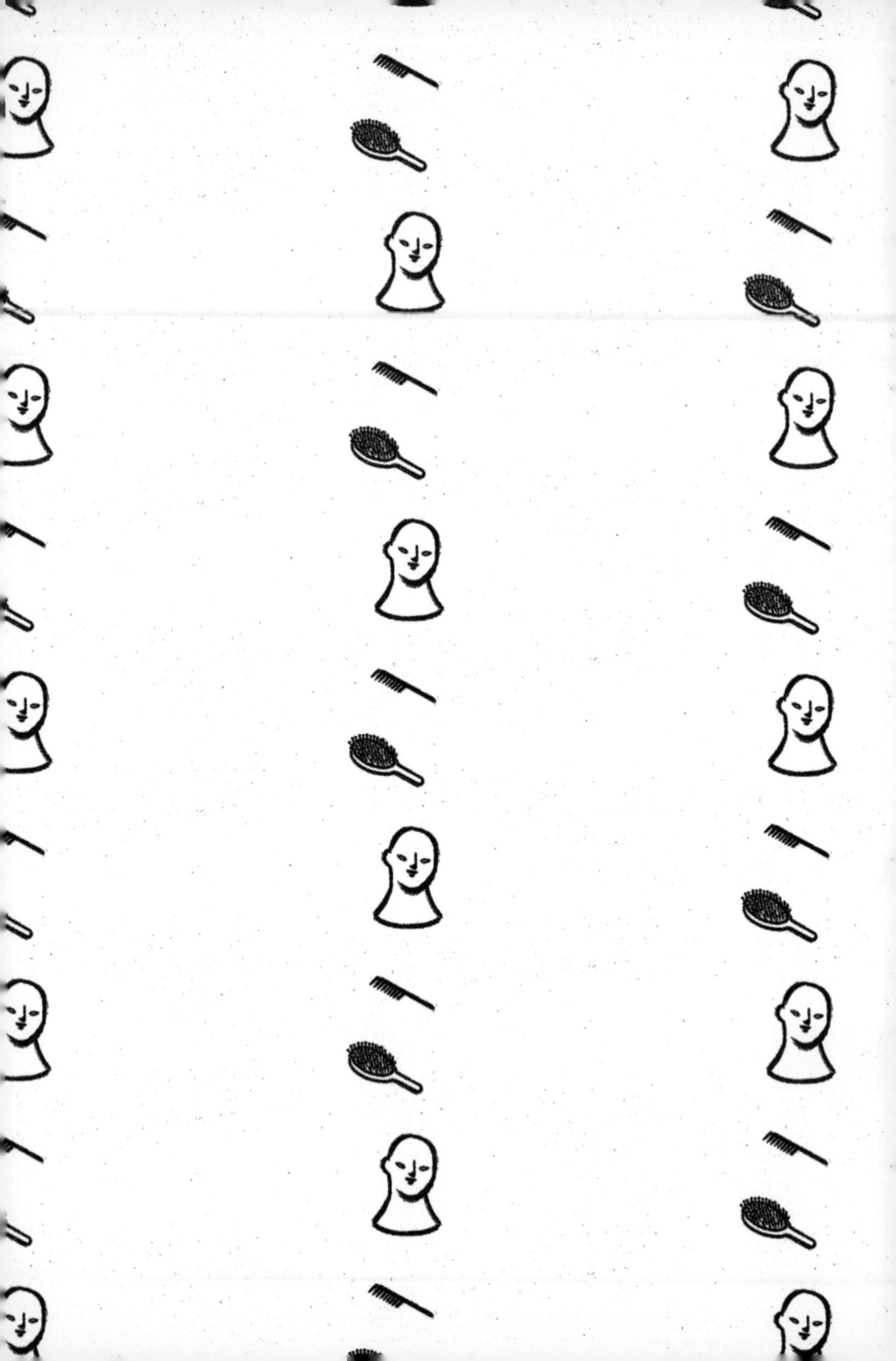

猶自羞駝男盜令

出處

據京劇老戲《四郎探母》與寺山修司1967年劇作《青森縣的駝男》(青森県のせむし男)由劉亮延等2008年中譯本之二次創作。

演出紀錄

2011年10月23至28日於「台北寶藏巖國際藝術村山城戶外劇場」

2016年6月10至11日於「雲南大理喜洲大院」

舞台指示 連接上下的階梯或斜坡一座，一桌二椅。

分場
第一場
第二場
第三場

人物

公主 大金國鐵鏡公主。

楊四郎／駝男 華服或喬裝也藏不住他的戀母情節。

松子 假扮的楊母，老新娘，新上任的家族繼承人。

紅花 憂鬱冷靜失神的毒蟲，她因此到處欠債。

拐杖男 一個愛國主義者，不是真的盲人，只是裝成盲人的樣子。

男管家 不停清理印章，病努力想擺脫印泥沾手的公務員。

燒烤男 熱情地烤香腸給觀眾吃，時不時大呼小叫。

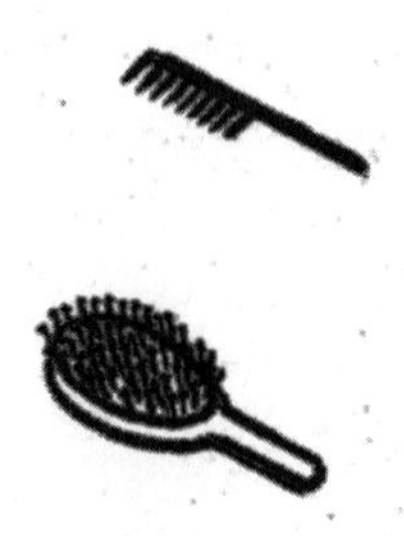

第一場

拐杖男 （韻）聽說，楊家將第四個傳人楊四郎，金沙灘之役以後便失蹤了。

紅　花 （白）楊四郎，他失蹤了？

拐杖男 （韻）正是，楊四郎他失蹤了。

紅　花 （白）他去哪兒啦？

拐杖男 （韻）不曉得，人家說他突然就消失了。

紅　花 （白）真糟。

拐杖男 （韻）就是說呀。如果他真的消失了，那他們楊家便又失去一個兒子。

紅　花 （白）就為了圖個七郎八虎的牌匾！哎……多可憐老太太。

拐杖男 （韻）不是嗎！

紅　花 （白）兒子一個接著一個死。

拐杖男 （韻）不知道她搞不搞得清楚這次是哪一個兒子又死了。

紅　花 （白）你怎麼能夠這樣講人家。

拐杖男 （韻）錯了嗎？據說先前有八個，現在只剩一個了。真能生。

紅　花 （白）你知道十二寡婦西征的故事嗎？

紅　花 （白）楊老太太已經作人家姥姥了，難不成要媳婦們全上？不會的。真正的女人不會笨到去作這種事。那都是你們這些男人自以為。

拐杖男　（韻）悲劇畢竟會重演。這才是我們大家心目中的楊家將。

紅　花　（白）一定要死掉嗎？

拐杖男　（韻）那是一種結束的方式。

紅　花　（白）一勞永逸？你實在太幼稚了。（拐杖男生氣）根本沒有這種事。

拐杖男　（白）總之，這是一個關於想媽媽的故事。

紅　花　（白）看你一付癡呆樣，真可愛！世界上每條狗都會繞著自己惱人的尾巴轉，一心一意想把他咬斷，就像每個男孩都想媽媽那樣。怎麼！還生氣呢！我們快快去生個娃來玩兒。

（紅花蹭他，拐杖男連忙把墨鏡戴上，事不關己般裝模作樣演起盲人）

公　主　（唱）聽他言嚇得我渾身是汗，十五載才露出袖內機關。
他本是楊家將把名姓改換，他思家鄉想骨肉不得團圓。
走向前施一禮駙馬來見，尊一聲駙馬爺細聽咱言。
早晚間休怪我言語怠慢，不知者不怪罪你的海量放寬。

四　郎　（唱）我和你好夫妻恩愛不淺，賢公主又何必禮儀太謙。
楊延輝有一日愁眉得展，誓不忘賢公主恩重如山。

公　主　（唱）說什麼夫妻情恩德不淺，我和你配夫妻前世良緣。
為什麼終日裡愁眉不展，有什麼心腹事你只管明言。

四　郎　（唱）非是我這幾日愁眉不展，有一樁心腹事不敢明言。

蕭天佐擺天門兩國交戰，我的娘押糧草來到北番。

公主（唱）我有心回營去見母一面，怎奈我身在番遠隔天邊。

尊駙馬又何必巧言來辯，你要拜高堂母是我不阻攔。

四郎（唱）雖然公主不阻攔，無有令箭怎過關。

公主（唱）有心與你的金鈚箭，恐怕一去你不回還。

四郎（唱）公主若肯贈令箭，見母一面即刻還。

公主（唱）宋營間隔路途遠，一夜之間你怎能夠還。

四郎（唱）宋營雖然路途遠，快馬加鞭一夜還。

公主（唱）知山知水不知險，人心難測防未然。

先前叫咱盟誓愿，你對蒼天就表一番。

四郎（唱）公主叫我盟誓愿，她心我心俱一般，

雙膝跪，皇宮院，過往神靈聽我言。

我若探母不回轉，

公主（韻）怎麽樣呀？

四郎（唱）黃沙蓋臉屍不全。

公主（唱）一見駙馬盟誓愿，咱家才把心放寬。

你到后宮巧改扮，盜來了金鈚箭你好出關！

（四郎換好衣服拿著令牌，高興離開。公主稍候決定尾隨，一前一後重上）

公　主　（白）一想到他拋家棄子歸心似箭，又算算他心底隱忍一晃一十五年，他那知足忠義的每日裡且還暗暗巴望著這天，兩難衝突卻又與我相好，他與我相好喂呀。咱家大金國鐵鏡公主，聽候了母親安排，嫁了駙馬木易郎，日前聽聞他老娘壓糧雁門關口，有心與我告白央我盜令成全他見老母一面，我心實有不干，他是去見母還是去見妻兒。他心思舊人卻又為何與我相好。夫呀郎呀！助你探母，我便小三，想當年你何不死，免卻三個女人為你朝思暮盼。唱的什麼囚鳥困籠，給你穿金吃香生子傳宗你還不樂意嗎？

（委屈的哭）

拐杖男　（韻）誰人在哭？你看的見我嗎？你看的見我嗎？

公　主　（白）我定要揭穿他的面紗，拆了他精忠報國的牌扁。

拐杖男　（韻）敢問這位小姐姓啥名啥，暗夜趕路不怕劫匪，女子獨行不可不當心。

公　主　（白）你不是瞎子嘛？怎麼看見我了？

拐杖男　（韻）盲人雖說是我身分，但不表示我看不見。

公　主　（白）看來又遇到一個騙子。

拐杖男　（韻）小姐姐太失禮。

紅　花　（白）可不是嗎？一身怪裡八雞，八成也是出來搶飯碗的。

公　主　（白）二位一道嗎？

紅　花　（白）我不認識他。

拐杖男　（韻）敢問小姐姐家在何處？讓我們兩個本地人，送你一程吧。

（公主略顯恐懼，拐男面露凶光，男管家急上）

紅　花　（白）你可別相信他，歪嘴青暝別聽信。

公　主　（白）不如您二位慢慢講，我告辭一步先。

紅　花　（白）且慢！您現在上哪去？

（三人靜止）

拐杖男　（韻）四處無人一片漆黑，真是一個月黑風高的美好夜晚呀……

紅　花　（白）要是我就怕死了。

公　主　（尖叫）

（男管家焦慮看懷錶，並且視察前台人員送給觀眾的點心是否齊全，自己拿出點心來吃，待松子出）

男管家　（白）當您顯赫的祖先還活著的時候，僕人們是不可能有肉吃的。

松　子　（得意地）所以，你同意，世人都到了滿足？「老夫人真是個慷慨的善人」大家是不是都這樣說我呀？（問觀眾）哈哈哈……

男管家　（神色慌張）我們吃了炸豬排。跟您確定，老夫人，確實是豬里肌肉作的炸豬肉片。

松　子　（白）你還好嗎？

男管家　（白）只是一些無聊的流言在大家之間流傳，有人想喝茶，還有那邊先生，等等幫您送過去，（回神看松子）沒什麼大不了的，但是…

松　子　（白）只要不是狗肉就好，我不會讓你們吃那種東西的。

男管家　（白）……大家都在說，當所有人都可以吃肉喝酒，楊家便將要崩潰瓦解了。

（松子突然無言，震驚而憤怒）

男管家　（白）我同樣的也有所感受，老夫人。剩菜與碎肉對我們而言就足夠了。就像破樓房上的破草破花破蛤，我們這種人本當餐風露宿自生自滅，對我們照顧太多，只有壞處沒有好處。

（松子十分自負，但我們可以見到她只是個脆弱的女人正低著頭流著眼淚）

松　子　（白）所有人都恨我，我知道。僕人們恨我，因為我曾也是這裡的下女。

（男管家什麼都沒說的安靜離場，面帶一種排斥惡心感，拐杖男紳士般優雅上）

但我是不會離開的…楊家就是我的力量，只有採取憐憫又無止境同情的手段…你看看，現在只有狂妄的揮霍才能達到我報復的目的。

（對拐杖男說，有點驚訝的）

像是這頂帽子，可是人家特地親手縫製，用一個大紙盒子送來的呢！你覺得呢？

拐杖男　（白）非常好看！

（男管家呈出紙盒，放出一隻雞）

松　子　（白）多新鮮。

紅　花　（白）完美極了，我可以確定。（慌張驚嚇上）

松　子　（白）我是多麼美麗呀！美麗是我非常在行的項目（得意洋洋）。小時候上學堂，雖然成績不理想，但我的畫畫項目總是十分搶眼。

（松子扶正她的帽子，對著觀眾拿著一面小鏡子補口紅）

我曾經需要去面對許多糟糕的事情，但從現在開始，我不會再哭泣了。

（專注於自己的態度，管家把雞抓起來關在雞籠裡）

很久以前我來到這裡，當時的工作只是擦拭神桌，擦拭直到表面光亮，足以反射出烏鴉的腳還有我臉上細微的紋路。我必須走七公里的路只是為了要摘取供奉神位的蓮花。老爺經常打我巴掌，所以我的臉頰永遠都是腫的。我將楊家的孩子照顧長大。楊家二公子在我兩隻手拿著東西時佔我便宜，他撩起我衣服，並對我做了一些齷齪的事。我一路哭喊回家。如果當時有個值得信任的人依靠就好了。（自我嘲笑）但，這是個老故事了，沒有人想知道的一個老掉牙的故事。

拐杖男　（白）歐老夫人，我看著妳如此勇敢的承受著命運的磨難，每天都這樣忍受著。

松　子　（白）什麼老夫人，那不是你該使用的稱呼。

紅　花　（韻）歐……而且妳從來都不曾試著逃跑。（試著要把說錯話的拐杖男支開）

松　子　（白）逃跑？我無法告訴妳有多少次我試著要逃。然而，總有個原因讓我留下來，縱使我的生活看來如此難以忍受。有一個原因。

拐杖男　（白）那是什麼？

紅　花　（韻）什麼原因？

松　子　（白）信用。

二人一起（韻）信用？

松　子　（韻）我在等我的孩子回家。我曾答應過他。

拐杖男　（白）但是這個孩子……

紅　花　（白）據說早就死了。

松　子　（尖聲地）死了？哪有這種事？他絕對還沒死。他不會就這樣死的。就算他死了……

拐仗男　（白）如果是這樣，那麼，他……

紅　花　（白）又是一個發育不全的私生子……

拐杖男　（韻）究竟他在何方？

松　子　（白）在哪裡？在哪裡？笨蛋！如果我知道的話，我還會在這裡嗎。
我還會在這裡甘願承受令人噁心的這一切嗎！因為我不知道，我就是不知道，
所以我才會一直留在這裡。
只有這裡，你們看到的現在這裡，我才是一個守信的人。因為我在這裡，因為
我備糧養馬，就像一個母親。一個正正當當的母親，接待著路過的年輕小兵，
他們停留，就像我的孩子那樣流出害怕無助的體液…
不過，昨天晚上我作了一個夢。

紅　花　（白）在哪裡在哪裡？歐歐！黑暗，幻想！我熱愛無止無境的造夢。

拐杖男　（白）你別吵，像你這種女人夜夜需索無度，哪有時間闔眼睡覺。

紅　花　（白）你不知道那就是我睡覺的方式嗎？（專心地想要睡覺，松子開始催眠她）

松　子　（白）從前從前，有一位皇后生了一個小孩，但是皇太后卻說了謊，說這小孩是個畸形兒。她密謀著要將小孩殺死，好迫使皇后離婚。但還好世界上總有位慈悲的隨從，總有人無法服從這邪惡的命令，他將小孩交到敵營裡，而自己則帶回了小孩的睡袍，異族人對小孩下了神奇的咒語，讓他變成了天鵝。自然的，許多驚險的事情隨之發生，天鵝經歷許多次瀕臨死亡的經驗。然而有一天，他終於跨越千山萬水重重阻礙要回來找媽媽，當媽媽在他已經陌生的身上披上小小的睡衣，突然之間，天鵝變成了王子。我醒來後開始懷疑那是我的孩子，一隻流落番邦的白天鵝。（管家從地下出）

松　子　（韻）做什麼呀？

男管家　（白）有，個小偷，報告夫人。現在已經被關起來了，我們應該怎麼做？

松　子　（白）小偷？哪裡來的？

男管家　（白）他手裡拿著一支金色的箭，一定是去地窖偷的，然後就躲在廚房裡抓飯吃，就像隻大老鼠。要送衙門嗎？不過，他長得好奇怪，嘴巴裡唧唧喳喳不知道念著什麼咒語，我認為妳應該想先見見他。

（松子，一半害怕，一半又感興趣似的不斷點著頭。男管家退場要帶小偷上場；他迅速回來而罪犯正跟在他身後，身上被繩子綑綁著。小偷是個恐怖的駝子。駝子鞠躬。）

四　郎　（韻）青森駝男來也。（謙虛的彎下身子）

第二場

公　主　（唱）海誓山盟都成煙，好姻緣化作了惡姻緣。
　　波光浩浩如素練，傾刻冤魂化杜鵑。
　　錯錯錯我休埋怨，我當初何不辨愚賢。
　　情思萬縷理還亂，皺鎖蛾眉我無話言。
　（韻）誰不都用自己的方式，但畢竟最終都能抵達。

拐杖男　（白）松了可有教養了！她用養兒子的方式款待一位賊！天下有這樣的慈愛之心，到底是令人匪夷所思的。

（公主看到拐杖男與紅花親密覺得噁心，大叫一聲）

（突然駙馬走過公主眼前，他們被中斷）

公　主　（白）駙馬，駙馬。

公　主　（白）我的爺我可找到你了！（確認沒有旁人）

公　主　（韻）你怎麼蹲在這裡？你不是允諾我，見了老母就回來，怎麼，你不應答我呀？

駝　子　（白）有個仁慈的女主人，她給我飯吃。

公　主　（韻）呀！你說那什麼話呀？可是咱家聽錯了嗎？你糊塗了嗎？遭透了糟透了，你怎麼吃了人家的飯就喊人家娘呀！

駝　子　（白）糟糕？（笑）我才是那個最糟糕的人……自始至終都一樣。

公主 （白）駙馬……你不是想媽媽嗎？還是真傻了……哎……這足以表達你的善良，就算你如今看來身體殘疾……總之……你還記得咱家吧！我們倆，我們倆的誓約，是麼？（漸漸掀開斗篷）

駝子 （白）什麼意思？

公主 （白）莫非你打算老死在這裡，這裡永無天日，處處是敵。你沒這樣作，你沒這樣作，應答我，你不能夠，對吧。

駝子 （白）你的意思是……好吧！

公主 （白）糟了……誤會了，我尋思琢磨……我的意思是……

駝子 （白）算了，不要緊，我本來就是一個陌生人，只為別人存在。我是一個微不足道但又被別人感興趣的目標，我其實就是個笑柄。

公主 （韻）不是的不是的，駙馬誤會了……

駝子 （白）每當我努力想立功，就會聽到有人說，雜種。我就像是一二三木頭人，只要我回頭，他們就會大笑。他們在街上跑，追著紅紅火火發光的夕陽。但我哪裡都不能去，也不能用手抓他們。每當我覺得無聊了，他們就對我嚷「猜猜是誰在你後面！」為了討好他們，我閉上眼睛，趴在牆上，任憑他們在我背後作任何事。黑暗中我感覺他們忽東忽西忽上忽下，我只在原地不動，一晃眼十多年過去。

我到底想要抓什麼？誰又在躲我呢？我抓得到什麼嗎？

公　主　（白）不是的不是的，你不是的，你只是裝成駝男的樣子，你是咱家大金國的駙馬郎。好久不見你怎麼這付德性傻。

駝　子　（白）我三十歲了。我懷疑自己是否能繼續幼稚下去活在這種故事裡。難道我還可以勇往直前的大喊一二三木頭人嗎？那不只是一個夢。冬天蒼白的夕陽下，我回頭看著自己的影子，人都躲起來了只剩下我的影子……可是，可是如果不幸地連我唯一的母親都躲起來了，我將會永遠永遠都是鬼。被人們戳弄取笑，就像一株莫名其妙的野草。

公　主　（韻）快別胡說，一同跟我回去，我倆正常地快樂的好日子就會來了。

駝　子　（白）好日子？

公　主　（白）不假，這世上人多，總有人排隊補上鬼的角色，你別再折騰了。

駝　子　……

公　主　（白）你一定能忘記你身上的那個東西，把它扔了，再也不受影響。反正總有一天遲早的事。與其為別人而存在，我們只需要一點時間，你一定可以成為你自己。我們可以一起努力。

駝　子　（韻）成為自己是不容易的；事實上，那根本是不可能的。尤其，對於一個見過地獄的人而言…在我年幼之時，我被選上了當作「鬼」的角色，每當我扮「鬼」，雙眼就會被矇住。

公　主　（白）不是的，那只是個遊戲，小孩玩的遊戲。

駝子　（用雙手覆蓋雙眼）我看見純淨的黑色。幾百年的黑暗才使得一株黃花綻放。那一定是佛祖的世界，一定是的。在黑暗裡有一位孤單的女人，她笑著，用藏在身後的手向我召喚…但不知從哪傳來聲音說：「你可以跟其他人去，但千萬不能是她。」

公主　（白）到時後你可以盡情的幻想，不管是黑色還是白色，你想要看到什麼就能看到，只是，我們必須回到現實，你願意先停止這種自怨自艾嗎？

駝子　（白）我突然明白了。這就是我要抓住的人！那個女人，穿了一身斑點的印花裙。從裙腳我可以窺見雪白的雙腿，真令人目眩神迷……

公主　（愣住，韻）我會不好意思的。

駝子　（白）在一個春天的晚上，我被矇住眼睛，過了一會兒，當我慢慢將手移開，冬天便到了。有白雪，它無聲無息地飛落在馬房的牆上。

公主　（白）你看你有多孤單。親愛的。

駝子　……

公主　（白）我給你的家書讀了嗎，親愛的。

（駝子點頭不語，兩人尷尬良久）

公主　（白）我……我現在沒法回去了。

駝子　（白）我只是個駝子，我不值得妳……

公主　（白）你別在胡鬧了（拉他）

駝　子　（白）別管我，妳別管我。

公　主　（白）不可以這樣。

（兩人推拉好一陣子像小孩在搶玩具）

公　主　（白）答應我，你有點出息，別再當「鬼」了！

（當松子入場時她驚訝的放手）

松　子　（白）怎麼還在到處閒晃？快去清掃雞籠。

（韻）我的兒呀！

（駝子緊張起來不停抽畜，公主躲在一旁偷看）

松　子　（白）沒事兒。（拿出手上的毛巾）今天，天氣多好呀！在這麼美好的日子裡，我們要把你的身體清理乾淨。

松　子　（命令地）把褲子脫掉！

（一陣安靜）

駝　子　（白）求求妳不要，不要這樣。（他侷促不安地扭動著）

駝　子　（白）啊！啊！停止……呃……恩……呃……恩……

松　子　（唱）（松子邊唱邊幫松吉搓洗駝背）

一見姣兒淚滿腮，點點珠淚灑下来。

沙灘會，一場敗，只殺得楊家好不悲哀。

兒人哥長槍來刺壞，你二哥短劍下他命赴陰台，兒三哥馬踏如泥塊，我的兒你失落番邦，一十五載未曾回來。
唯有兒五弟把性情改，削髮為僧出家在五台，
兒六弟鎮守三關為元帥，最可嘆你七弟，
他被潘洪就綁至在芭蕉樹上，亂箭穿身無有葬埋。
娘只說我的兒今不在，延輝！我的兒啊！
哪陣風把兒你吹回來。

駝　子　（白）母親，老娘！

（燈逐漸光淡出直到每個人置身於黑暗中）

公　主　（唱）（以非常興奮又瘋狂的方式道出淪落之因）
月光冷冰徒虛亮，溫柔的未必能信仰。
暗夜喬裝來觀望，迷途所見不敢講。
我的駙馬！
食髓留連負心郎，鐵鏡悔恨暗神傷。
我為駙馬把家國的命來喪，我夫呀！
我失算錯放他出關，
他得成全倆相見，
我枉領死罪成奴犬。
（白）莫非！這就是他日思夜想的媽媽？他就是這樣想媽媽？

（唱）到如今我只能界定區別，
這人世間兩難處實複雜難解，
豈止是你自由就能明言，
夫妻情他到底不肯明言。
（邊唱邊哭，見到有人進，連忙尷尬拭淚下）

紅　花（白）真是奇怪，村裡到處流傳著那個小偷的謠言。

拐杖男（韻）昨夜我作了一個夢，我夢見那黑暗。

紅　花（白）他是一個爛貨……

拐杖男（韻）黑暗中，有一朵蓮花盛開了。

紅　花（白）大家都說這男人一心只想回家喝奶，窩裡窩囊盡製造婆媳問題。

拐杖男（韻）昨夜不曾漱口……酸酸的。

紅　花（尖叫後尷尬沈默）

拐杖男（韻）佛書上說只要有一朵花綻放……就有一個人死亡。

紅　花（白）你不是看不見嗎？這男人見完老母就要走，還說什麼守信重義。他就應該當自己死了不就得了，回來了又要走。

拐杖男（韻）他只是個夢。不如咱們換個話題，話說我們楊家的老太太跟那駝男是母子，你知道嗎？

紅　花（白）你怎麼聽不懂我說……

拐杖男　（韻）就是一種血緣關係。

紅　花　（白）我想起來了，是不是傳說中的，被丟在山上，但卻活下來的那個嬰兒，天啊都已經是三十年前的小道消息了。

拐杖男　（韻）三十年以前，一位新生嬰孩被帶到山上丟棄的故事。哎呀？他竟沒有死。

紅　花　（白）想當年我還沒有出生……

拐杖男　（白）想當年我也是這個行當。

拐杖男　（白）總之我們楊家曾丟棄過一個駝背的嬰孩。

紅　花　（白）他帥嗎？

拐杖男　（韻）他終於見到他親生母親了。

紅　花　（白）什麼？你是說那個小偷？

拐杖男　（韻）或許那個寡婦已經認出自己的孩子。

紅　花　（白）就是那個傳說中的怪物嬰兒嗎？我還以為是個帥哥。

拐杖男　（韻）都是因為血緣的關係。都是血濃於水的一家人。

紅　花　（白）看來我要走了，真沒搞頭。

拐杖男　（韻）總之，父母與孩子之間的愛，是一件無法被否認的好事情，只有手牽手才能心連心。就在昨天，失散多年後他們終於團圓了。一起去烤肉賞月，回憶起那些老時光，兒子躺在茅草堆上，媽媽還唱搖籃曲。

紅　花　（白）歐！為什麼老天總是給我這樣的男人，難道我的美就是要用來塗抹在糞便上嗎？你還不快走，我們去廁所裡弄，比較省事。

公　主　（白）親情是什麼？唱搖籃曲又怎樣？我知道這兩個人在月光夜晚的茅草堆真正幹了什麼事。我跟蹤他們。我從灌木叢後面監視他們，我看見夫人和那個全世界最無辜的人爬上泥濘的河堤上。我真的以為夫人會告訴他三十年前發生的悲傷故事。我太天真了，我竟以為她會承認自己曾經遺棄過一個駝背嬰孩，於是他們便能言歸於好承認彼此的母子關係。但我錯了。就在那個河堤上。

（韻）夫人只是伸出雙臂緊緊的抱住我的丈夫。突然之間毫無預警，她脫去他所有衣物。將她自己的內衣扯開。嚇死人了！當我扳開茅草堆，躲近灌木叢看過去，我清清楚楚地看到他們兩團肉。我的駙馬躺在地上，像一隻無法翻身的烏龜。

（白）而夫人的頭深埋在他的雙腿之間。只見一個瘋女人的頭不斷地上上下下，在茅草間上上下下。可憐的駙馬在哭泣……我差點叫出聲音。我在月色中看著他的肉體被夫人的內衣纏著。可悲的凸起的那團肉，簡直就是慘不忍睹。

（韻）你知道慘不忍睹是什麼意思嗎？慘不忍睹便是，醜中之美，美中之醜混雜不明。

（白）這個邪惡的女人是魔鬼，她根本不知道她嘴裡的性器是誰的。那是她的孩子她的孩子啊！我的駙馬爺正被她玩弄著！那個在我大金國吃香喝辣的駙馬爺就是她唯一還活著的獨生子。

（拐杖男跟紅花像看到瘋子一樣嚇跑了）

第三場

松　子　（韻）妳果真以為我不曉得？妳當我是笨蛋？（大聲笑）

公　主　（韻）如果妳曉得，便不會那麼做了。

（松子不應答）

公　主　（韻）妳一直都在說謊。妳邀請所有與妳兒子相近年齡的過路小兵來到這裡，供給他們食物但卻只是為了滿足妳自己淫惡的慾望。妳假裝在找尋那個被遺棄的孩子，但實際上妳對他們所做之事就像是妳對他做的一樣！

松　子　（白）妳什麼？什麼事？

公　主　（韻）妳帶他們到河堤最上頭，扒光他們的衣服。然後妳給了他們錢還強姦他們。

松　子　（韻）小姐姐看來知道不少。只可惜妳不在現場，無法知道真相。

公　主　（白）那個令人畏懼的河堤、那個受阻咒的河堤，那個被性成癮的瘋子的花朵浸濕的河堤。

松　子　（韻）妳怎麼能夠知道？就在那長堤上，一樣的事也發生在我身上。

松　子　（白）三十年前，一個被月光照的透亮的夜晚，長堤上最厚重的茅草堆上面，楊家將強姦了我。我從鄰村趕路回家，我去到鄰村替女主人買褲襪。有一位男人躲著。他突然強抓我壓倒於地上並強姦了我。我試著掙脫，但，他是我家老爺的公子呀，我能說什麼？歐不，這樣不好，少爺請別強姦我？我該如何求救？我

公主　（白）的手被芒草割傷，血痕沾滿在他的醫學教科書上。我才剛滿十六歲。接著我把孩子生下。在那孩子誕生之前，有個念頭閃過我的思緒：我願要他是個駝背。於是我便來到佛前跟菩薩祈求：「在我尚未出世的孩子背上，請豎立起一塊肉身的墓碑。在我尚未出世的孩子背上，請豎立起一塊肉身的墓碑。」

松子　（白）妳果真知道！天啊！妳果真知道他是妳的親生骨肉，但妳仍不顧一切為了報復而強姦他。（激動到幾乎發抖）

公主　（白）他不是我的孩子。

松子　（白）妳怎能如此確定？妳已經三十年沒見過這個駝子了。

公主　（白）妳如果生過孩子就能懂……哪一天妳會唱搖籃曲了，妳才會知道地獄的模樣。

松子　（白）現在謊言跟藉口都已經太遲了，我們大金國的堂堂駙馬喬裝駝男連夜盜令出關，他要見他的母親，之後他就必須跟我走。

公主　（白）放肆胡扯。

松子　（白）我比妳更瞭解他……他是我的丈夫。

公主　……

松子　（白）他孝感動天不惜叛國也要見老母。妳被騙了都不知道。

公主　……

松子　（白）妳還真以為他是妳兒子？可悲！

（白）他憑什麼要說謊？

公　主　（白）他沒有。為什麼他需要說謊呢？他從不說謊，他只是可憐妳，暫時以那個模樣騙說是妳的兒子吧！

松　子　（白）我的兒子沒有死？

公　主　（白）到現在妳還不肯面對現實嗎老太婆？

松　子　（白）三十年前，家臣斧助不情願的奉命要讓他死在山上，他的慈悲心讓他決定自己撫養這個娃。但因為那個孩子有糟糕的駝背缺陷，斧助只好偷偷抱還給我。當我看到我的詛咒完美無暇地降臨在自己親生骨肉上時，我親手用一把除草的鐮刀將他殺了。我將他小小的身體放在河上，順著河水漂走。日子久了，有些笨蛋便開始亂編故事，說我的兒子變成了掘墳者，也有人說他死於遺傳病。哈哈哈哈哈！他早就死了根本沒有活下來！他早就死了根本沒有活下來！妳還不明白嗎？許多年輕男人來到我面前，叫我母親。為什麼？我知道，我當然明白，因為大家都知道，楊家沒有繼承人。

公　主　（白）我不相信……我不相信……楊延輝三十年前就死去了……這簡直一場夢。

松　子　（白）我的一生就是一場綿延不絕的惡夢。

公　主　（白）那麼我的丈夫，我的駙馬……他是誰？一個成天呼喊著母親的男人，渴求著母親的男人。

松　子　（韻）那個可悲的男人！他是個永遠的異邦人，在所有永恆之外的異邦人。在這個可悲的世界上，如果一個人沒有母親，沒有一個人可以在自己的背上立起墓碑。

公主　（白）胡扯！果真如此，妳告訴我，那個想媽媽找媽媽的人是誰？

松子　（白）他？哈哈哈⋯說到底，他不過是在他自己裡面的鬼魂。

駝子　（白）一二三，木頭人，一二三，木頭人。（邊說邊撞牆）

殺子報

出處

據1920年歌子冊《通州奇案歌》之二次創作。

演出紀錄（全劇台語）

2016年12月11日於「台北台灣戲曲中心3102多功能廳」片段演出

舞台指示

第一幕　廳堂　亦做飯堂用
第二幕　私家佛堂　窗簾布幔、佛像等道具
第三幕　公堂　司令台之類審判所在

人物

王徐氏
納雲僧／官寶成年後
小納雲
王官寶
王金定
判官

分場大綱

第一幕　第一場　唱經有情人

出外經商的丈夫生了莫名怪病，王家三人心急如焚。愁雲之中，官寶去大樹下找密醫，金定則向母親提議，一同去廟裡念經。巧合之下，三人竟在廟裡相會，與納雲和尚同桌吃飯。

第一幕　第二場　貪歡七四九

納雲和尚如期赴約，來到王府念經醫病。王徐氏欣喜，一股腦傾吐她多年的委屈，和尚嫌煩，直接表明來意，要王夫人按照指示，置辦一私家佛堂。和尚終究做成這筆生意，王徐氏與女兒金定，引狼入室還心生歡喜。

第二幕　第三場　棒打小和尚

丈夫莫名奇妙之中還是死了。王氏心裡期待著和尚前來料理，要女兒金定快去通報。和尚早有先知，來到喪家慰問家屬，並指示日後每隔七日的安排。男女二人沉溺於七的幸福頻率之中。怎奈有日，官寶中午肚子餓，從學校回家，母親打發了女兒去買菜卻疏忽了兒子也在。和尚與母親爭執之中，官寶破門開，勃然大怒。

第二幕　第四場　殺了解庖丁

金定從市場回來，看見滿地凌亂收到驚嚇，昏厥的母親漸醒來，希望息事寧人。金定為半殘的小和尚敷傷，數落弟弟的莽撞。媽媽忙著清理佛堂，埋怨他莽撞無禮。在一種欲蓋彌彰的氣氛中，街上傳來革命歌曲，四人感到尷尬。原來官寶領著一夥紅衛兵，浩浩蕩蕩走到廟前發表演講去了。

第三幕　第五場　申詳償宿願

公堂上，淫婦王徐氏與淫僧納雲，背著各自的大字牌，戴著各自的高帽。清清楚楚的交代他倆通姦的始末，期間不時傳來群眾的歡呼聲、案堂的拍板、府兵的法棍，以及穿插進行的革命歌舞表演。王徐氏說了一個故事，一個不曾發生過的故事，她殺了官保存於油缸。納雲也說了一個故事，他為貪色，欺騙王徐氏感情，雖本有打算不再繼續，改邪為正，無奈受到淫婦百般勾引難耐。二人對視，並無言語。二人問斬後，村民皆為枉死之官保不平，立了革命義士的英雄紀念碑。

第三幕　第六場　出家少年郎

官寶遠遁山村成為住持，某日一位小公子情急求見，央求替病危的父親作法，被領著來到了人家府上，見一位失神美婦人立於廳堂，如同當年景象。

第一幕　廳堂

第一場　唱經有情人

小納雲　阿彌陀佛。救苦救難。施主有難嗎？來我們這裡渡。如來佛甲你度。

王官寶　各位官人啊，阿爹重病不起，大夫無藥可醫，是怎樣的魔神仔真厲害。阿娘要我前去打探，聽講村頭有一叢大榕樹，樹頂綁有黃絲帶，從這叢樹往北五十尺，有個大石頭，每逢天氣清爽，就會有一位白髮的大嬸婆搬了一張椅寮在那坐，替人挽面磨腳皮，功夫這麼好，一定能治病。今日清爽，我已來到此，四處不見人影。莫非是我算錯寸尺？

（尋思間，小納雲出）

王官寶　哎呀，頭前一個和尚，不仿借問借問。

小納雲　施主善哉。

王官寶　咦？在學校裡沒見過，難道他們都不必讀冊上課？

小納雲　施主。

王官寶　請問你幾年幾班？

（兩人對望納悶，上下打量）

小納雲　施主。

王官寶　白頭髮的大嬸甘知？

（小和尚搖頭嘆氣）

小納雲　善哉。

王官寶　磨腳皮的大嬸甘知？

小納雲　善哉善哉。

王官寶　你是來挽面的嗎？

小納雲　挽面不必。

王官寶　你還會講話啊！

（小和尚拿出化緣的缽，向官寶要錢，但又立馬收手）

小納雲　不可說。

（小和尚離開）

王官寶　哎呀！苦惱，竟然遇到啞狗，讓我跟著他，再作打算。

（小納雲領著官寶下）

小納雲　師父來人囉！

王徐氏　（韻）生理吃市免煩勞，吃飽閒閒送清風，哀……

（唱）金蕉香引我綿綿傷悲……

（王金定哭出）

王徐氏　（唱）日月如梭好容易，出外求利不得已，

往返數次賺沒錢，頭尾總算五六年。

金定九歲學針黹，官寶七歲讀書詩，
染病來歸驚人知，母子三人無主意。
命運來創誰知機，苦藥希希苦傷悲，
賤妾正器無差移，不曾貪戀共外意。
今暗來去求仙助，入廟求籤亦未遲。

王金定 阿娘……阿娘……

王徐氏 我的好查某囡，金定啊女，媽媽心中有多苦你可知。

王金定 阿娘免哭。金定啊女有乖。

王金定 阿娘……弟弟找無人，萬不離又出去玩了吧。

王徐氏 不肖子，老父不會起床，厚生不會讀書。我苦啊……

王金定 阿娘，喝茶，嘴乾。

王金定 阿娘，聽說村子頭來了一位和尚，青春十八正當時，生來親淺，法力功高。爸爸臥病已久，醫生來往都無辦法，不仿打扮伶俐，粉點胭脂，手捻清香三枝，天齊廟來念佛經。阿娘有何想法？

王徐氏 哀……不枉你做我的女兒，跟我坐同一艘船。想當初時懷上你，夫妻恩愛難說起，那就相似鴛鴦花鯉做一池……

王徐氏 阿娘，你聽，阿爸又在哀叫。

王徐氏 哎呀……好吧好吧，我的好查某囡，金定啊女，我就來挽面修腳皮，洗洗乾淨。再來出門掛香燒金，加添福報。

（王氏下，金定急切來到廟口）

王金定 來人喔來人喔，一間大廟，竟無和尚。這裡有座大香爐，讓我來敲敲。

小納雲 哎呀呀……施主，且慢且慢，這是爐不是鐘，不是拿來敲的呀。

王金定 那我敲你。

小納雲 哎呀呀，香爐是用來插的。

王金定 哎呀，三八孩兒，小和尚講什麼話阿，不見笑。

小納雲 施主善哉。阿彌陀。

王金定 家裡有大人嗎？我要找你師。

小納雲 （對觀眾）沒見過年歲輕輕老氣千秋，這款體態的。

（對王金定）請問是哪家的姑娘。

王金定 問那麼多，孤不離對我有情愛？沒禮沒體。你現在要戲弄於我？還是快去叫你師！

小納雲 不敢不敢，我這就去。（偷笑下）

王金定 哼……假道士，花言巧語相交纏。

納雲僧 （唱）五月晚風蜜中清，黑叢暗香引人微，尋思之中望彎月，玄機之中有商機。

納雲僧 哈哈哈哈！梨子蘋果不同味，和尚道士不相像。

王金定 看來這位便是那位白面道人，看他少年又親淺，該不會貪淫酒色吧！讓我來試探試探。白面道人受小女一拜。（偷看）再拜。

（納雲覺得尷尬又奇怪，連忙叫喚小納雲出）

小納雲 哎呀師父，善女久聞師父法力功高，能醫治百病，且人到病除，是方圓幾哩的活神仙，不僅慈悲心腸，還受官府舉薦，賜了許多牌匾……

（王官寶溜上）

王官寶 阿姊，你怎麼不在家照顧阿爹，卻跑來這裡磕頭？都不怕丟人現眼嗎！

納雲僧 這位施主，巧合必有因緣，既然兄妹在我寶寺相認，看時候也不早，何仿留下來便齋。小僧你關門備齋去，施主這邊請。

（小納雲關門）

王金定 這……那……那怎麼好意思。

王官寶 見笑，三八叮童。

（姐弟倆打鬧下，王氏素衣出）

王徐氏 天色已暗路途遙遠，想小女應該已經來到了天齊寺，看我腳手憨慢準備香金，這下應該也要到了。只見炊煙裊裊家家團圓，用膳時刻我一人獨行，想來好不悲哀呀。呀，見大火爐　座，想這應是古寺，待我來敲門。

（大廳裡和尚等四人已再用膳，王氏立於門外）

小納雲 師父，外門似有敲門聲。

王金定 哎呀！應該是阿娘到了，都怪我記性。

王官寶 你說什麼，阿娘也出門來，家裡沒人要怎辦？

王金定 哎……阿爹生病又不是一天兩天的事了。

納雲僧 我來開門吧。

（兩人相見，王氏掉落手中包袱，相視驚傻，掉出一堆香與金）

王官寶 阿娘！你怎會帶香出門，真沉重。

納雲僧 這位施主，遠行到來，先坐下歇息吧！

王官寶 什麼施主，我娘從村尾來，行路半點鐘。阿姊你快來幫忙，亂糟糟。出門還自己帶香，也不知阿娘想什麼。

納雲僧 不如裡面坐，作伙用齋吧。小僧快去準備。多添碗筷。

（四人坐下，王氏從進門至今一直說不出話來，小納雲在一旁開始偷笑）

王徐氏 花香鳥語，真清幽。

王官寶 是啊，我找無修腳皮那個大嬸仙姑，才見到一個人。他帶我來到這裡。

王徐氏 孩子人，黑白講。

王金定 阿娘，你帶香出門是為何？

王徐氏 給師父見笑，俗女子教子無方。

納雲僧 既然能與府上公子小姐齊聚一桌飯菜，便是天機天意，不妨說明來意，貧僧好做安排。

王徐氏 不瞞師父，聽聞天齊寺僧法力功高，有藥籤，又能助念治病，小女丈夫久病不起，多年來試過各種神奇，我夫不但未見起色，人反到越吃越傻，越睡越軟。內心焦急。

納雲僧 自然有理，大命有數啊！

王官寶 你這個和尚，你不但不相救，你還詛咒我爹，你……（怒，放下碗筷）

王徐氏 小兒莫要無禮，師父並無此意。

王官寶 阿娘怎麼幫著外人說話呢！

王徐氏 小兒莽撞，高人見笑了。

納雲僧 施主不妨坦白言明，你為何而來，所求何事？

王徐氏 （唱）自備家香表誠意，私人私香獨家物。

王金定／王官寶 （唱）雙人相看不放離，眉來眼去奇無比。（好奇打量兩人）

納雲僧 （唱）人說人心透佛耳，若有誠心有保庇，

家菜家花家鄉味，貧僧尚愛人用心。

王徐氏 （唱）該是緣分未到時，抽了藥籤回家期。（害羞想走）

納雲僧 （唱）破廟粗食免客氣，改天有閒來試，這位施主的獨家味。

小納雲 （唱）婦人求神已完備，為何師父笑微微，

恐驚自小失教示，又是楊花淫女兒。

（小納雲在一旁偷笑，官寶開始生氣，兩人打鬧出）

（兩人對唱下，王金定一人獨坐桌前傻傻吃飯）

第一幕　廳堂

第二場　貪歡七四九

小納雲　（念）說來怪奇真怪奇，寶寶傻傻數不清。

一二三四五六七，七六五四三二一，

自從那夜便齋飯，一變二來二變七，

師父打扮出門去。小沙彌年紀小，

不知師父哪裡去，為何去啊怎麼去，

只見到，師父不時有笑面，香貢貢穿新衣，

穿新衣阿穿衣新，成天叫我撿畚掃，我也想要穿新衣。

小納雲　師父交代，準備三箱用品，過晝送至村頭。時間不多，我趕緊打包。

（官寶急出）

王官寶　不好了不好了，我阿爸的病又更嚴重了，我來找你們師父，他有在嗎？

小納雲　咦？你應該去請大夫，怎麼跑來天齊寺，該不會又要討吃吧！

王官寶　你講話好大膽！誰希罕臭和尚的飯菜，快叫你們師父出來，我有急事。

小納雲　莫名其妙小學生，粗魯無理大不敬。師父早起便已出門了，並不在寺內。我有工作在身，沒空與你抬槓。

王官寶　天壽和尚，當初信誓旦旦，說念經加持便能不藥而癒，如今躲起來不敢見人，肯定是假的，假道士假和尚假廟假香……

(情緒性大吵大鬧，邊吵邊圓場離開，小納雲在一旁偷看偷笑)

王官寶　找無和尚無藥醫，心急如焚轉厝去。姊姊、阿娘、阿爸，我轉來了！人呢？聲呢？怎麼家裡沒人應門？

(納雲溜上。官寶一進門驚見和尚納雲)

王官寶　你……你怎麼在這！

納雲僧　青天白日，善哉善哉。

王官寶　假道士，我阿娘呢？

納雲僧　施主不必心荒，小僧已替令尊誦念七七康復神經，見令尊面容安詳已然睡去，施主不宜驚擾。

(王徐氏亂髮出)

王徐氏　哎呀，愛子怎麼轉來，今日不必上學校嗎？緊去讀冊，大人之事無須小孩操煩。

王金定　阿弟不讀冊，阿娘會傷心。阿弟做好子，不要學壞流氓。

(王官寶面對三人又更生氣)

王官寶　好，你們現在都騙我，如果我阿爸好不了，你們別跑，我找你們算帳！

(三人尷尬)

王金定　阿娘，我去掃土腳。

王徐氏　乖！

納雲僧 小姐順行。

（王金定裝模作樣，緩步優雅下）

王徐氏 （唱）自從高僧來唱經，軟夫不時有笑意，

日頭正中才見爾，相辭已是黃昏時。

納雲僧 （唱）為了蒼生求平安，免除苦痛不相冤，

如今念經已成果，施主不仿作功課。

回報神明多眷顧，夫妻相交好德倖，

王徐氏 哎呀，草婦癡愚，功課當然要做，只是自小失教示，香都拿不準，還望高僧指點。

納雲僧 （白）施主不言謝，小僧本分事。

王徐氏 （唱）婦人出身商賈家，老父生理作太大，

少時穿袚大小姐，生理興隆真交易。

熟雞說成強啼早，說媒說到我想嫁，

看我們如今財散盡，說他們王家米店四五間，人擱有禮擱有錢。

納雲僧 （白）老父欠錢賣女兒，哀，講來，也是身世飄零少奶奶啊。

王徐氏 （唱）生了女兒做媽媽，夫妻恩愛忙甚甚，

只是生來沒幾天，人客熊熊走無影。

納雲僧 （白）金定金定，生理金定就無市啊！

王徐氏 （白）疑？高僧所言有理。原來就是這個了錢貨！

王徐氏　（唱）我夫世成好男兒，出外求利來相議，
雙人恩愛一二年，又有懷胎在身邊。
二月一月元珠圓，三月四月成人形，
五月六月分男女，七成八敗九成人。
納雲僧　（白）咳！私人代誌牽無底，美婦人不必擱唱！
王徐氏　（白）啊！喔！（傻傻地）
納雲僧　（白）我是說，不必又再煩惱。
納雲僧　（唱）摩登都市太便利，婦女不會做科儀，
（其實）功德功課免心機，我服務周到排第一。
王徐氏　（白）願聞其詳。
納雲僧　（唱）頭一項，闢出佛堂採光明，加添誠心貼紅金，
王徐氏　（白）採光重要。
納雲僧　（唱）第二項，迎佛一先鍍金身，避免穿堂阻煞氣。
王徐氏　（白）穿堂風難怪。
納雲僧　（唱）第三項，金身影中金交椅，伴伊身邊念佛經，
王徐氏　（白）休息方便。
納雲僧　（唱）第四項，洗洗啊乾淨等桃李，鴛鴦蝴蝶做一池。
王徐氏　（白）我緊來洗。

納雲僧　（唱）第五項，註文詳細多完備，姊姊領收操辦起，

（白）安心自在來。

王徐氏　（唱）哎呀！愚婦人我趕緊來安置，高僧細心真舒適。

王徐氏　為了答謝納雲高僧的照顧，銀兩表心情，還望高僧料理衫褲，以開恩慈。金定愛女來，

照這清單上的東西準備採買，為了你父親的健康，預算免報，辦好為要。

王金定　母親大人，是。

（小納雲上，與王金定相遇）

小納雲　咦！這不是那天來廟裡吃飯的小姊姊嗎！

王金定　咦！這不是那天敲香爐戲弄於我的小和尚嗎？

小納雲　姊姊別來無恙。

王金定　輕薄小和尚，哼！

小納雲　姊姊怎麼在此？

王金定　柴頭，這是我家啊！

小納雲　原來如此。

王金定　原來如此，講，來我家你幹嘛！

小納雲　你先來我廟堂幹嘛！

王金定　我……我……你師父給我母親大人一張必需品，母親大人要我趕緊採買。

小納雲　喔！這麼，來，我已經為你準備妥當。

（搬出三箱）

王金定　哎呀……你真用心，給我檢查。

小納雲　姊姊請看，不必客氣。

（兩人忙起，拆箱擺置佛堂）

王金定　這要放那，這要高掛，閣有折疊床……（指揮小和尚）

第二幕　私家佛堂

第三場　棒打小和尚

（王徐氏與金定一起出，母親做出各種暗示）

王徐氏　（唱）無人親像我呆命，這款死路也敢行。
軟骨的夫親像枉死城，往來大夫都無辦法啊，
聽講社會多變化，醫病不一定要穿白衫。
為伊我掛香燒金紙，心情苦燜之中我行到老寺，煞大方請齋擱聽我吵，
僧容白白發清雅，我緊祈求佛祖生蓮花。
年久月深是難等候水滾爐燒是強破柴，伊彈琵琶啊彈琵琶，
佛心佛手妙奇巧，溫柔體貼甲我教。

（邊哭邊念經）

王徐氏　（白）自從有了納雲和尚相幫助，甲我細心地理風水，擱吩咐我裝潢佛堂，我便日夜勤心作功德，不敢怠慢。高僧有言，人的命天講了算，能夠削減苦痛便已難得。

王金定　（白）哎呀威不好了。爹親過身，娘親嚎啕，我金定奉娘命，緊來共師父相通知。

王徐氏　（白）我那軟骨不起的夫婿呀……（叫板，哭）

納雲僧　（白）小沙彌聽令，王府頭家得命終年，道具行頭齊備慰問家屬去了！

小納雲 （白）師父，今天是要唱哪一齣？

納雲僧 （韻）白事要作紅事唱，腳步手路跟我行！

王徐氏 （唱）安靈捧斗七日期，七日功果做乎你，
夫君若是早起生，當知我做人媳婦有情義……

（和尚師徒二人出，王徐氏聽聞腳步聲後唱）

王徐氏 （唱）我怨啊苦啊恨哀悲，別恨我青春二八王徐氏。

王徐氏 （唱）無才無德不知恥，沒夫沒依怎過日，
不免淪落煙花市，淫人妻女一雙兒。

納雲僧 （唱）煙花所在娘無愛，無愛世間人錢財，
問娘擱希望開所在，切莫罣礙講乎我知。

王徐氏 （唱）每日相思心稀微，相知相交青春味，
有影沒影實痃勢，寡婦哭倒地中心。

納雲僧 （唱）好娘好德好人才，我甘願跟娘著戀愛，
頭七先來做事代，二七再來甲娘開。（和尚下）

王徐氏 （唱）三不五時扮大戲，七七暗算也綿綿，
綿死綿爛守意志，聽唱本朝報恩詩。

王徐氏 （白）算算也已經七兩遍，不知納雲伊今日怎樣開。時辰還早，人說守喪之中身軀洗不得，不如用布擦擦。

（王金定外白：阿娘，和尚來了）

王徐氏 （白）哎呀！這麼趕緊，擦不了，恐驚有味。

小納雲 一七二七到三七，今日要來渡什麼。

看來師父功夫實相宜，王娘表情真滿意。

納雲僧 （唱）今夜再來拈花枝，花開美美嫣嫣紫，

花蕊並蒂不知恥，自然萬物念阿彌。

王徐氏 （唱）阿僧書詩無道理，破枝總是等郎欺，

講起這事我聽不入，師父你怎麼這款不是人。

納雲僧 （唱）王娘實在愛講笑，世間上，怎有茶娘子開錢招客來。

王徐氏 （白）講到這，這金器拿給你。望阿僧你，好好為我夫來做七。

納雲僧 （唱）王娘拿金把恩施，我念經服務做事志，

劈棺巧似紅鸞喜，現在的查某人時不時來就想要嫁，

害我們做僧的，七招八式腰酸也吱吱。

王金定 算算，這已是第八個七了。

王徐氏 （白）日夜念經兼超渡，身體不堪荷。（呵欠）我們來去來睡中晝。

小納雲 黑白講，一二三四五六七，三七得十，這次是第十次。

王金定 你是不會算術喔！三七十八，第八次。

小納雲 你沒讀書！

王金定　你小孩人生沒毛！

小納雲　你笑我……（兩人打鬧起來）

（王官寶出）

王官寶　臭乳呆。

小納雲　你才臭乳呆。

王官寶　不念書，算術都不會。

小納雲　我會念經，這你不會吧，哼！

王官寶　我會算數，哼！

王金定　阿弟，最近都看你早出晚歸，肯定有用功唸書吧！我們王家以後要靠你，考得功名做大官，阿姊阿娘才有依歸。

王官寶　姊姊，阿娘最近面容看起來好多了，她不會哭了吧！

王金定　阿弟就怕女孩哭。（偷笑）

小納雲　怕女孩哭？為何怕女孩哭啊？又不是遇到老鼠蟑螂，有何好哭啊？哈哈哈哈！膽小鬼膽小鬼。

王官寶　死和尚，你又笑我。

小納雲　死無老父又愛哭，女孩一哭他就哭。死無老父又愛哭，女孩一哭他就哭。娘娘腔，查某體，你娘娘腔，查某體，哈哈哈哈！

王金定　小和尚別胡亂講！你師父等一下看到會罵。咦？你不在學校，跑回家幹嘛？

王官寶　阿彌陀佛又要來？什麼代誌又要來。

小納雲　當然是來做七。

王官寶　哼，阿彌陀佛，我肚子餓啦，學校今日沒便當，先生要我回來吃。姊姊我還在大，不要吃菜喔。

（金定招呼官寶下後重出，王徐氏上）

王徐氏　想來今日第七個七，特別要緊，阿僧師父要做一種特別的法事，不得攪擾。

王金定　（唱）金定愛女這就去，時間不多逛菜市。
打點小酒跟補品，回報高人交相宜。

王金定　媽媽沒閒我這來去。

納雲僧　（唱）花開鶯啼開現金，又到月底收庫銀，

王徐氏　（唱）阿僧誦經好事志，人好不容易等了七日期。

納雲僧　做幾遍效果應當不錯，看娘面紅吱吱，氣血通透，咦，小沙彌怎麼在這，還不快去掃地，別讓王家小姐辛勞才對。（不耐煩）

小納雲　師，我來去。

（小納雲下王徐氏親自關門，見師父不太高興）

王徐氏　師父請坐。

納雲僧　爐不燒，坐不得。

王徐氏　搧了就燒。

納雲僧 火沒點，香不會起。

王徐氏 要怎麼點。

納雲僧 滴滴點點。

王徐氏 掛金皆備。（嗔）

納雲僧 一支二支。（算）

王徐氏 香在哪位。（盼）

納雲僧 金在哪裡。（勢利眼）

王徐氏 香都給你。（怨）

納雲僧 早早化去。

王徐氏 沒香怎拜？（急）

納雲僧 誠心自來。

王徐氏 心都給你。（羞）

納雲僧 如來如來。

王徐氏 怎會搧不來？（怨）

納雲僧 爐在香在，香來佛就來。

王徐氏 壞爐濟濕要如何？（急）

納雲僧 因緣自有天安排。（冷）

王徐氏 阿僧莫慌莫掛疑。（急）

納雲僧　當初不如未識熟。（嘆）

王徐氏　啊……（驚）

納雲僧　（唱）姊姊今後勿相思，我已經對你無情義。

王徐氏　（唱）我有何得罪不是，今日無放爾身離。

納雲僧　金在香在。（閉眼）

王徐氏　不就是錢嗎！我有。再來再來。（急忙幫自己與和尚脫衣）

納雲僧　（唱）金刀銀槍戰蓮蓬，誰料天卜落紅雨，

夫人淫心正當動，無想失節拜門風。

心神相似著熱狂，隨時自己親身往，

不怕丈夫共祖宗，不管厝邊共親同。

王徐氏　啊……（尖叫）發爐啊……（懼）

（王官寶上）

王官寶　阿娘是誰甲你欺負。

納雲僧　哎呦威，怎會咬人。

（兩人連忙抓起衣服）

王徐氏　老鼠咬人，阿弟你有看到老鼠嗎？

（王官寶上下打量這兩人，驚訝的說不出話來）

納雲僧　小小一隻老鼠。善哉善哉。

王徐氏　就是說不是，天氣太熱。

（王官寶指著兩人）

王徐氏　阿弟怎沒讀書？不是講過，阿娘在佛堂作法事嗎？

王官寶　你們這些大小和尚實在太惡質，我已經忍耐到頭了，我回來吃飯半點鐘，你們在佛堂罵罵號，侵門踏戶在人家裡開佛堂，七天八天沒人煮飯給我帶便當，當初說好念經醫病，結果人好好反倒煞沒氣，我今天一定要討公道！

王官寶　你說你那個什麼神！你那個什麼師！你那個什麼經！說啊你！

（王官寶拿起東西就亂砸和尚，小和尚衝進來擋）

（各種哀嚎，王徐氏勸不住，王官寶砸完佛堂下）

王徐氏　阿弟別胡亂來，阿弟停，阿弟快停。

（王徐氏當場嚇暈，昏倒）

小納雲　別打別打，我說我說。你們府上供奉的是正港佛神，養的是佛師，誦的是佛經，沒假貨啊！

王官寶　很會講，神怪邪說。我打你這個佛臉，揣你這個佛腿，看你這個佛僧，是有什麼佛丹保能你不痛。氣死我，阿彌陀，真正氣死我！我要趕緊來去學校，會報組織領導。

（搗毀佛像後王官寶下，現場一片狼藉。納雲抱著王氏不斷嘆氣）

第二幕　私家佛堂
第四場　殺子解庵丁

（金定上，提著菜籃）

王金定　（唱）菜頭香蕉大起價，香菇軟柿慶菜賣（阿娘有所吩咐）
　　軟軟不起實僥倖，寸尺不夠買不得。

王金定　哎呦僥倖，娘親叫我去買菜，還要打酒進補，這時節青黃不接，要熟的不夠軟，要青的太過硬，草藥店又沒開。反倒是酒店一透早就開門。那酒女人人小雨傘，袂蘇落大雨。我撿一個來問，姊姊你們店裡有賣吊仔酒無，煞給人笑。金定還在室世，世事不清，實在見笑。不知回家會不會給阿娘沒面子。哀，日頭熾燄，我是小姐內，還是轉去吹冷氣好。

（金定進門嚇一跳）

王金定　（白）這……壞人，小偷。佛堂內面亂糟糟，神像剖對半，經書飛土腳，哎呀呀……
　　夭壽僥倖，夭壽僥倖。這是什麼代誌。

小納雲　姊姊我頭殼痛。

納雲僧　施主善哉，回來就好，你娘親剛剛也昏昏去了，休息一下就好。

王金定　告官了嗎？社會黑暗，就連小偷也是來去自如。我來去告官。

納雲僧　這……不必告官，是官寶少爺做的。

王金定　什麼！這時間阿弟人應當在學校。師父不能隨便抹黑啊！

納雲僧　金定小姐不必懷疑，聽我解釋給你聽。

小納雲　師父，這個王官寶太過分，你免講，我來就好。

王金定　（唱）一二三四五六七，七六五四三二一。

王金定　原來如此實在可惡！阿娘阿娘……

（王徐氏漸甦醒）

王徐氏　（唱）七七了了睏中晝，夢見有人叫嚎啕。

醒來不見念佛人，恐驚愛人對郎走。

王徐氏　（白）剛剛做眠夢，夢中阿僧不在我眠床，我看見我那粗魯兒，把一個人綁在樹頭不知道用什麼東西給他土毒，那個人又哭又笑，感覺給人欣羨，但又有一點可憐。我近身來看，發現那個苦憐人竟是納雲阿僧，我回頭要打兒子，人就不見了。真是夢中有怪奇啊。

（失神般的東摸摸西摸摸，摸到金定與小和尚）

王徐氏　（白）金定愛女，你怎麼回來了，受傷了嗎？阿娘給你呼呼……

王金定　阿娘我安好，是這小和尚受了傷。

王徐氏　（白）什麼傷，給娘來看。

（三人抱在一起哭，納雲僧搖頭起）

納雲僧　（唱）不肖孩兒做流氓，法事當中破門入，學校老師不會教，佛堂淨地染俗塵。
仙佛化身作老鼠，受到驚擾暗生氣，
貧僧大意有報應，咬我一嘴轉仙庭。
（你清楚看）我的傷口在流血，
王徐氏　（唱）阿僧道人多犧牲。
王徐氏　我見笑啊……
（王徐氏摸著和尚的傷口，想要用嘴吸下去）
王金定　哎呀！不衛生！阿娘你緊起來。
（推拉之中，傳來革命歌曲）
（「佳木斯快樂舞步健身操」音樂，在清晰的節奏聲中，四人尷尬對望）
（王官寶過家門不入，作這套操，說漢語）
王官寶　破除迷信思想，一二三四，打倒怪力亂神，二二三四，消滅淫僧邪道，三二三四，端正社會風俗，四二三四。不說方言說漢語，不吃米飯吃饅頭。不拜偶像拜主席，不搞破鞋搞革命。一二三四一二三四……
小納雲　師父不好了，前方烏煙大起，王家少爺帶著一夥小學生，把我們的廟燒燒了去。
納雲僧　哎呀！阿彌陀，少年苦憐啊！
王官寶　在座的各位同志！我們一起來打倒淫僧！消滅偶像道具！撕爛虛假戲服！佔領騙錢舞台！跟我一起喊，打倒破鞋，打倒國民黨，打倒共產黨，打倒赫魯雪夫！每一個廟裡都有姦情，每一個神像的後面都有邪惡祕密。現在，我要在眾人的面前，踏平淫窟天齊寺，火燒淫僧斂財廟。大家跟我喊，踏平天齊寺，火燒淫僧廟！踏平天齊寺，火燒淫僧廟！

王官寶 學堂老師有教，這種封建迷信，是社會進步的黑流氓。佛廟要燒，佛神要破，傳統文化魔神仔，要建設現代文明社會，就得把虛假道具踏平。祝願我們在新的時代新的日子裡，再不受階級壓迫，再沒有男女破鞋關係。

（王徐氏哭得更大聲，王官寶邊喊邊撒花灑長紙條）

（王金定看傻了，小納雲趕忙掃地，滿台淩亂）

第三幕　公堂

第五場　申詳償宿願

（兩人戴高帽，手被綁住，眾人內白由官寶領頭與觀眾互動）

（和尚出場便表明了不願見到婦人的態度）

納雲僧　我已經向各位大爺坦白明言，貧僧所言俱是實情，忘請諸位賜罪，貧僧確實對待王夫人有情，但事實上貧僧早早反悟。修道有試探，我並非無情生，自了漢。我有情願渡眾生，眾生，眾生也意愛我來甲渡。咿啊……

眾人內白　打倒邪教，審判淫僧，打倒邪教，審判淫僧。

判官內白　來人，將淫婦押上來，讓群眾百姓一一審判。

（王徐氏上）

王徐氏　我是苦憐難呀來呀言呀明，真情實愛，忠於我那軟身不起的夫婿，我為他尋訪名醫，為他吃齋念經。這樣的用心實意，莫非還有二心，會去討客兄嗎？

判官內白　引誘和尚，欺瞞丈夫，你巧言抗辯，還顛倒是非。各位鄉親仕大，這種不要臉的婦人家，該如何處置？

眾人內白　浸豬籠浸豬籠浸豬籠！

納雲僧　各位施主切莫衝蹦，貧僧願代替王氏女受罰，還望各位寬恕包容。

眾人內白　浸豬籠浸豬籠浸豬籠！

王徐氏　和尚高僧法力功高，怎可玷污了金身浸豬籠，萬千不可。

（兩人推拉之中，台上扔出垃圾，降下一個鐵籠）

王徐氏　哎呀，讓我去。

納雲僧　不，讓我替你受罪吧！

（王徐氏突然冷靜）

王徐氏　你說什麼？我的罪。

納雲僧　佛渡佛渡，善善哉哉。

王徐氏　你說什麼，說給他清楚，什麼叫我的罪。

納雲僧　當然是你的罪，你戲弄於我，要我來渡你，我本來平心的渡，自然渡，七日渡了七日渡，但是你破持戒，要我日日來，按時來，照頓來。不是嗎？

眾人內白　淫婦淫婦閒閒最愛渡，渡來渡去七日還嫌少。淫婦淫婦懶惰出門渡，家中來砌佛堂照頓吃方便素。

王徐氏　莫非我都沒燒金，我的香呢？難道香金都不要錢嗎？

納雲僧　施主啊施主，我原本就是來開，來開你供養的香，香金燒銀票，銀票就渡了。

王徐氏　你說什麼！你再說一遍！你講給我清楚！

納雲僧　就算是一種的因果，一種的緣分，一種機緣。是非本來無，因勢自成果。今日在此，一個司令台上，我就來講道，講一篇叫做情愛因緣浸豬籠的故事吧！很久很久以前，有一隻豬，他迷路的。

眾人內白　是公的還是母的！

納雲僧　豬本無公母，豬是豬原本的豬。

眾人內白　胡說！迷信！

納雲僧　好吧，就算他是母的吧！

眾人內白　浸豬籠浸豬籠浸豬籠！

納雲僧　他就是找不到他原本的那個豬籠，他失魂落魄，落魄失魂啊！

眾人內白　胡亂講！那裡有豬會傷心。妖魔神怪迷信思想！妖魔神怪迷信思想！

納雲僧　眾生聽我講。這隻豬，找無他的豬籠。真正找無，他好心慌。

王徐氏　一隻沒有豬籠的豬，就親像一塊沒有眠床可以張開的棉被，好不悲哀呀！

判官內白　閉嘴！跪好！你今天是罪犯，還想要唱！

納雲僧　多可憐，一隻失去了豬籠的豬，就親像一枝不知道要插哪裡的香。

眾人內白　哪裡插哪裡插？（一片吵雜）

納雲僧　一隻失去了豬籠的豬，還是豬嗎？一枝不知道要插哪裡的香，難道還是香？

王徐氏　你是在問我嗎？

納雲僧　菩提本無樹，豬與香啊豬跟香，其實你們都已經得到解脫，你們還不知道嗎？

判官內白　胡亂講胡亂講！這個妖僧製造階級對立，傳播迷信思想，諸位無產階級的同志們，讓我們團結一心站起來，揭發萬惡神怪謠言。打倒妖僧！打倒妖僧！跟我一起喊！

王徐氏　打倒妖僧！打倒妖僧！（不由自主地）

（納雲被打，王徐氏試圖要扶他，但面對他心中又有委屈，委屈轉變成恨）

王徐氏 好，我招，你們聽我一一來招。

王徐氏 我是淫婦王徐氏，我因丈夫久病不起，生活煩悶，便來到廟埕，聽人說念經消煩憂，燒香解千愁。怎奈我與那不哩雲的和尚一見傾心，雲仔僧待我百般依順，他少年又僥倖，跟我那個倒在眠床頂的丈夫來比，實在就是日月之遠天地之別。我的心中因此有了歸處。

眾人內白 男女關係混亂！男女關係混亂！是非黑白不明！是非黑白不明！

判官內白 和尚持戒，怎麼可以歸呢？不要臉的下賤婦人家！繼續招！

王徐氏 （唱）我是淫婦王徐氏，我行到廟埕煞到伊，

伊慈悲好心好藥醫，我拼掃內外心微微。

高僧加持我軟夫得喘氣，為夫延壽伊辛勞來做乩，

一二三四五六七，約束七岡就來作期。

誰知臨別第六日，軟夫夢中來歸天，

因果輪轉代籤支，天公痛疼我這未亡女。

七六五四三二一，傷心珠淚彈樂詩，

和尚道人做事志，實比咱俗夫恰頂真。

唉！爛熟的金蕉自牽絲，靠傷的軟柿疊不起。

納雲僧 （唱）為了化渡妻女淫，怎奈伊心神迷亂不知機

貧僧盡心念佛經，觀音露水共蓮池

納雲僧　現如今，我已沒了廟院，三眠三日大火當中，院內書冊文物俱已成灰。我與徒弟離散，了然一人，並無所求。

（判官出，牧師裝扮，說普通語）

判　官　諸位朋友，今日在坐的都做了見證，諸位都看見了納雲大和尚無私的精神，他願代替淫婦受罪。萬惡的淫婦人，怎值得這般大恩德。萬惡淫婦人，萬惡淫婦人！淫婦人，你還有何話說，別怪法治無情，別怨社會主義公正，今天在群眾的見證下，你要老老實實的交代，一五一十的檢討，你封建淫邪的本性、癢騷難抑的資產階級地主身份！

（王徐氏驚訝自己變成箭靶）

眾人內白　交代惡質淫邪本性！檢討地主剝削惡習！交代淫邪本性！檢討地主惡習！

王徐氏　我是淫婦王徐氏，我……

眾人內白　說國語！說國語！說國語！

（王徐氏以不標準的國語說）

王徐氏　我是淫婦王徐氏，我……我出身資產階級地主家庭，十八歲那年托人說媒嫁入王家。婚後夫妻恩愛魚水和鳴。膝下子女一雙，小兒名喚官保，小女名作金定。怎奈我夫出外賺錢染病，從今久臥不起。我為醫治夫君，尋訪名醫……

判　官　（台）講重點！別盡扯身家清白顛倒是非！

眾人內白　（國）講重點吐真言！講重點吐真言！講重點吐真言！

王徐氏　（國）我是淫婦王徐氏，我……我勾引和尚，強迫那和尚為我念經。

眾人內白　（台）淫婦！淫婦！

判　官　（國）和尚，這可否屬實？

納雲僧　（台）我受到引誘。

（王徐氏哭）

王徐氏　（國）我強迫和尚……

判　官　（台）快招！

眾人內白　（台）勾引和尚大淫婦！勾引和尚大淫婦！

王徐氏　（國）我亂搞男女關係，破壞佛門常倫，我……

判　官　（台）快招！

王徐氏　（台）他強姦了我！

納雲僧　啊！

判　官　（台）胡說！

（王徐氏越說越興奮）

王徐氏　（國）我強姦了他！

判　官　（國）再招！

王徐氏　在佛堂的臥床上，我坐了上去，我使勁搖，我使勁搖！

眾人內白　賤女人！犯賤！淫婦！妖女！破鞋！（碎語）

判　官　再招！

納雲僧　我佛慈悲！善哉善哉！

判　官　別來那套阿彌陀佛。

納雲僧　眾生會饒恕我。

判　官　你被他強姦了嗎？

（沒有回應，王徐氏鋪床做動作）

王徐氏　有一天，我一如往常的搖，一如往常的使勁搖，官保破門而入，官保闖了進來，可我還搖，停不住。

王徐氏　官保越是嚷嚷，我越使勁搖，把和尚都嚇哭了。

判　官　官保看見了嗎！你們做什麼！把官保帶上來！

（王徐氏突然站起來）

王徐氏　不必。官保沒了。

（和尚驚訝的說不出話來）

（王徐氏拿出醬缸做動作）

判　官　再招！

王徐氏　我殺了他。

判　官　什麼！你再說一遍！

王徐氏　我把他用鹽巴封在了醬缸之中。

判　官　啊！噁心……你太噁心了。

眾人內白　什麼東西！官保不是他生的嗎？什麼東西！沒有聽過媽媽殺孩子的。太變態了，太噁心了…魔鬼！簡直就是殺人魔！抓起來，把她燒了，快把她抓起來燒了。這孩子實在太不值了，太可憐了。悲劇啊…

（碎語）

納雲僧　呀！婦人家……

第三幕　公堂

第六場　出家少年郎

王官寶／納雲少僧（唱）想起當初那當時，春風少年紅衛兵，
放火燒厝清毒餘，審訓檢討正風氣。
時光輪轉三十年，娘親了後去哪裡。
學校先生有功名，揪我來去做事志。
江湖不免不景氣，政府黑暗賺沒錢。
來到後山青山嶺，做田吃土心歡喜，
怎奈不時大風颱，七倒八歪洗大水，
暗時夢到納雲僧，捻香唸經真無比，
不免照步來參考，知青出家渡知音。
日子總是算不清，不清之中我已經唱到現在的這裡。

王官寶／納雲少僧　今早聽見前院有人聲吵，講什麼大樹下，講什麼挽面的大嬸。算來是一個沒毛的小學生。人來緣來，小徒弟也是憨慢，香火這麼久沒開，生意有夠壞。我看我自然要去解。

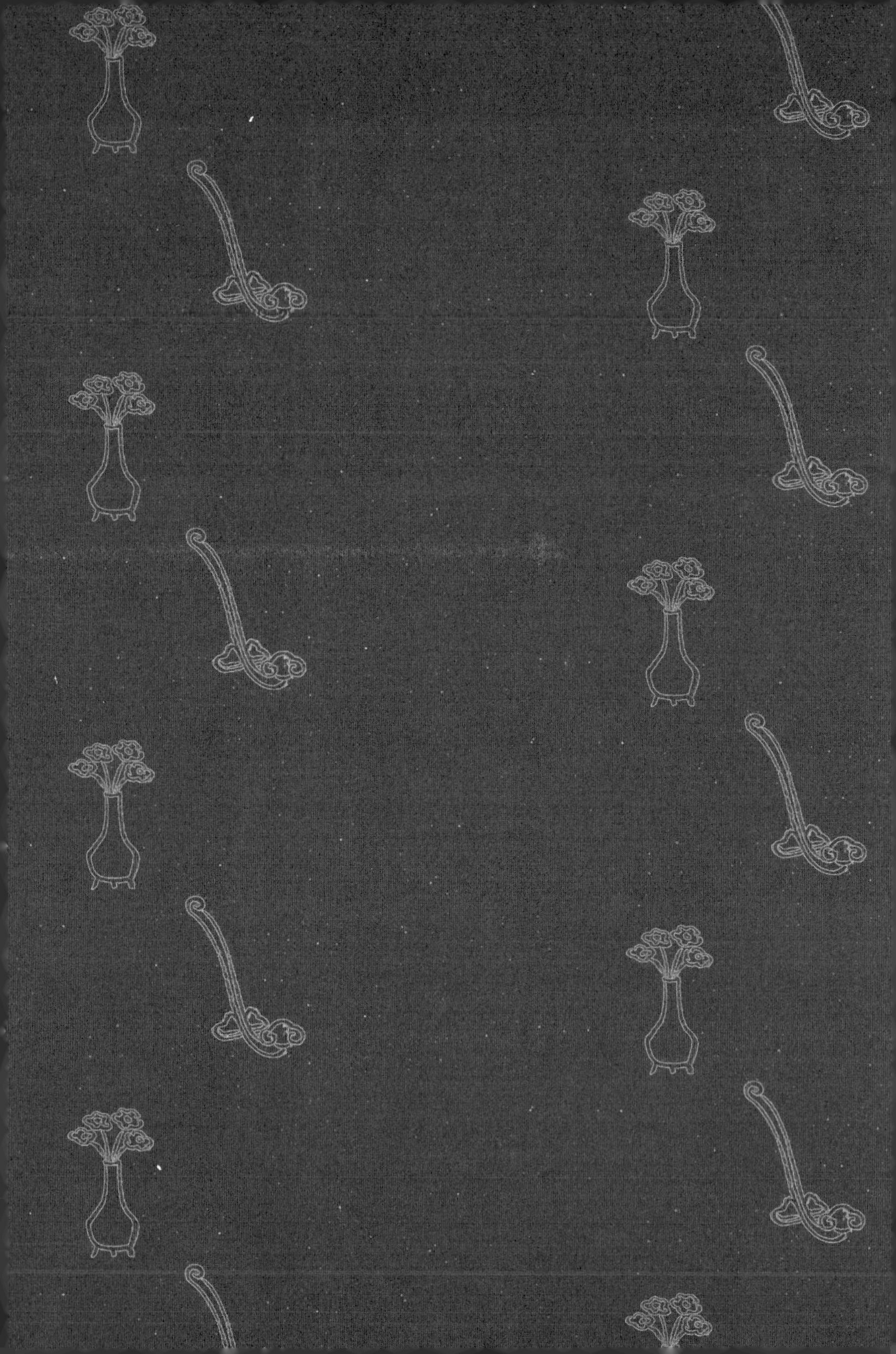

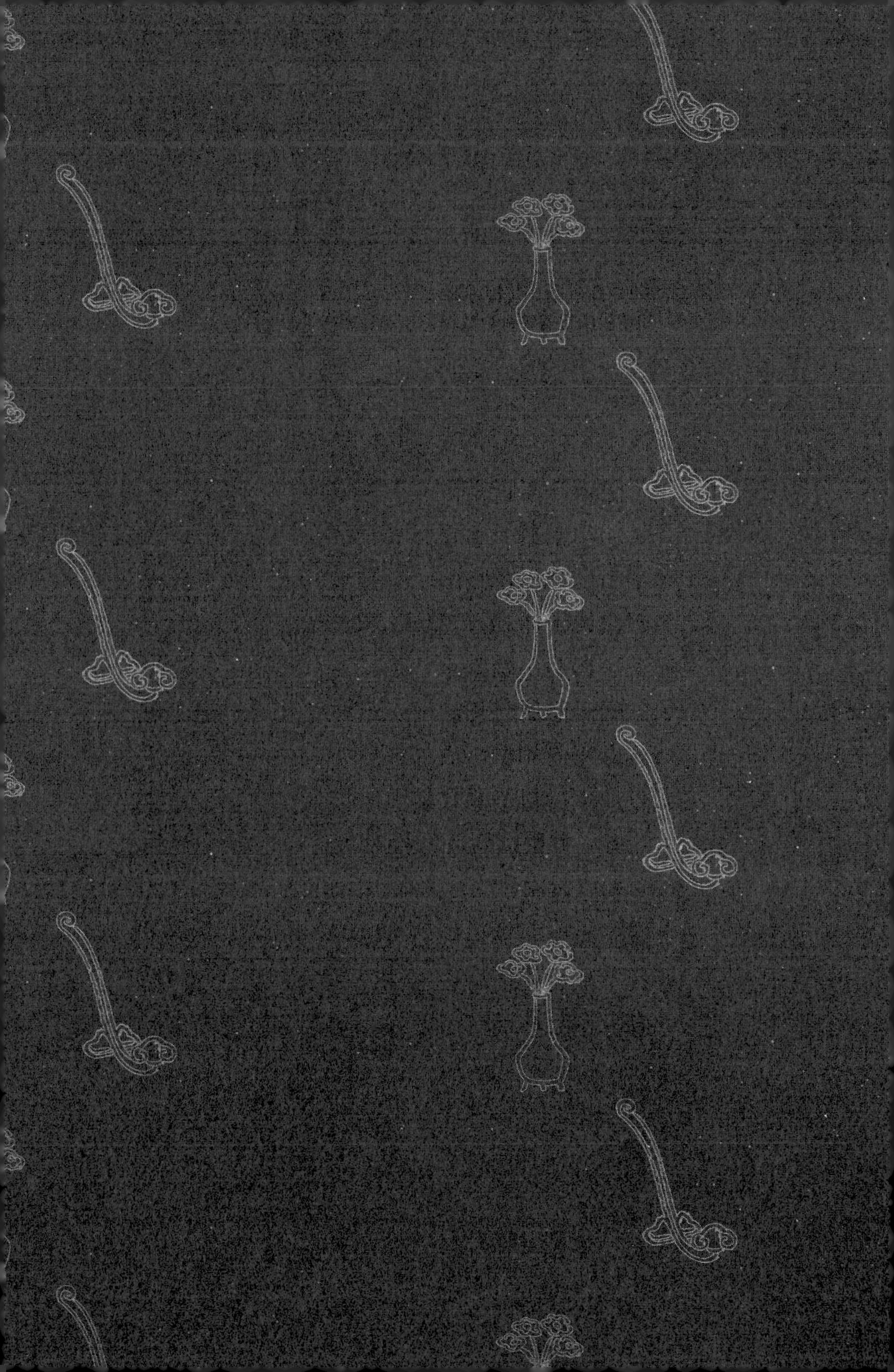

曹七巧

出處

據張愛玲1943年小說《金鎖記》之二次創作

製作紀錄

2004年首次發表，2005年台東劇團製作，2007年李清照私人劇團製作，2008年收錄於《清照流嬌恨戲劇選》

演出紀錄（本書所收劇本之演出紀錄）

2010年「北京星光現場」「蘇州滄浪亭」「成都八點空間」

2011年「北京正乙祠戲樓」「麗江束河古鎮」「台北寶藏巖國際藝術村」「新北真理大學小白宮」「新北烏來麗緻酒店」「新北板橋好初早餐」「新北三峽甘樂文創」

2014年5月10至11日「北京正乙祠戲樓」

2014年6月7日「北京正乙祠戲樓」

2014年11月4至6日「浙江烏鎮藝術節」

2014年12月11至12日「四川成都藝術劇院」

2018年8月25日「北京正乙祠戲樓」

2018年11月10至11日「北京繁星戲劇村」

2019年3月16日「大連金三角劇場」

2019年3月22日「上海東方藝術中心」

2020年6月12日「山東德州大劇院」

舞台指示　曹七巧背身坐一夜未眠，恍惚中早晨的吵雜聲又再挑起她多年的不平。一把椅子。

分場　第一場　雞鳴爽

第二場　一朵花

人物　曹七巧

第一場　雞鳴爽

（唱）東方亮雞鳴爽，惺忪恍恍懶容妝，
紅肉油擤破囊，揪我清夢欲斷腸，
年少賣油艷芳芳，終嫁豪門為祖光
妯娌唯有暗提防，胸腰挺身爭好強，
夜守閨門暗思想，兒夫一去分家當，哎呀呀
寡婦無聊亦尋常，歲月如夢鄉小時光。

（白）這是哪家的磚渣兒哪家水盆哪家來了媳婦雞鴨不要臉
來人哪！速速給我開了門往街上潑桶油去。
不成，這得要多少錢吶。
這可不成。如此一來你們都還當我有錢沒地撒。

（起身）

（白）住嘴！這哪有你們下女說話的份，你們跟這些個臭黑工有幾腿啊，個頭不大倒挺結實的。怎麼才講了兩句又怕羞，你們是見了男人心不安呢，還是偷偷摸摸幹了什麼骯髒事，那外頭可是來拆房的呀！

（白）我，曹七巧。今年四十八，家鄉賣油小生意，可憐我青春二八遠嫁姜家，軟骨夫拉朽催枯病死無產，孤身女我撫養二子，花開花謝時至今早面黃如花。（四處張望兒子蹤影）

（唱）寡婦門前好淒涼，人言髒是非揚，只欺我伶仃自個兒扛。
說小姑恨嫁淚汪汪，氣大嫂窺探我那私房小帳。
恨小叔情挑如搔癢，老太太無事又張揚，晝夜指使我瞎忙。
可氣得娘家人把面子來忘，掏我荷包爛泥不上牆。
雙兒女紈絝敗家太無望，最可氣是下人，
說三道四現實說我，招蜂引蝶沒品瞎浪是人就上。
（韻）白爺我的兒呀，你夜夜不歸要娘去往何人依靠，看看眼前咱們的破房隨時都要拆了，可就要拆了呀，這可是你那個軟骨爹留下的唯一田產，你你你，你總算回來了。還是回家好。
（白）來，跟娘上樓梳洗一翻。是不是又是你那個媳婦呀！那個夜夜讓你不樂意日日給你死臉子看的，說給娘聽，你倒是快說說，呦喲喲喲，你倒是快說呀。
（背身換衣）
（唱）相思片片彩雲間，憶當年盡忠孝早起熬湯。
新時代小媳婦袖手張揚，懶梳洗嘴巴張傻傻等郎。
（白）我的白哥呀，那可就都不能責怪你夜夜上窯。呦喲喲喲，母狗撒尿放屁響披哩啪拉。一會兒陳太王太來打牌，別對他們講，傳出去人家娘家臉竟往哪裡擺，對吧！呦喲喲。
（客人來訪）
（白）今兒王太打多大呀？都月底了是吧，月底大家不方便，不過我這兒可沒這意思，傳出去多難聽！才聽人家講對街李秀珠什麼人去都輸他，這慢慢也就沒朋友了，像王太陳太天天往外頭跑，家裡待不住，待不了了吧！我看可不就叫無安於室，呦呴呴，心裡頭定有什麼苦衷吧。算你倆看得起我一個可憐寡婦，總是不方便在外頭跑，對吧！如此這般，這般如此，我算算輸錢也沒啥好抱怨的了啦。

（唱）（打牌道長短）

徐娘姐春心彩旗飄，那門內紅旗不翻倒，
她雖苦悶沒處消，卻勝我寡婦守寒窯。
妹妹閨中獨自惱，偏見著鄰舍滿街跑，
羨忌姐姐恨難熬，兒女雙雙又把麻煩找。
王夫人我來好言告，您老爺忠厚多乖巧，
貪酒好色往外跑，您怎樂意我明瞭。
姐賭氣炒股買樓滿街跑，只圖得揮霍使氣消，
奴勸您為人媳婦知婦道，別只光顧自逍遙。
李夫人好樣常微笑，不會嘴臭又嘮叨，
一家老小打點好，她持家守節有訣竅。
官人出門備靚袍，她明知道老公去逛窯，
歡歡喜喜不嘮叨，帥氣小情(兒)她不缺少。
人情冷暖憑天造，勸姐姐收斂別暴躁，

姐妹旁觀好心告，打打鬧鬧就途無勞。
不如貪歡眼前妙，解你飢渴勝瓊瑤。

（客人走避）

（韻）我容易嗎！守牌坊度良宵，寧苦寥自梳法，妙蓮花青燈殘生……

（發愣回神）

（白）可不是嗎，那都是說說笑呀，呦响响！住嘴，這哪有你們下人說話的份，跟外頭那些臭黑工有幾腿呀。
不玩就不玩，手不乾淨我都看在眼裡。
張嫂，見著這麼多外人我實在不好明講，我可是一直把你當自己人，都多少年了，今天起早就吩咐你，準備的茶點在哪，還不快端上來陳太王太可不好怠慢了，傳出去多餿，說到頭又是我寒酸，上下一會兒功夫，這以後誰來還來找牌搭。
不過呢，真是不好意思，一早就看陳太王太梳妝打扮花枝招展的來咱姜家玩兒，也不知道我們家裡頭是沒男人的，還是真煞費心機。
倒是不知家裡哪不開心的盡想往外跑。可不像我們家媳婦成天介躺著，見到白哥跑廁所，吱吱響劈哩啪啦。哈哈哈哈。

（白）你們這些個下等人，成天介想男人，鹹鹹濕濕不乾淨（推拉扭捏笑）

（白）用茶吧，也是，用茶順口些。

（韻）我看他們也都嚇得腿都濕透了。

（白）也是，用茶順口些。

（白）可不就圖個順口些吧！

（唱）大紅袍濃情滿齒間，正山小種碧螺春願。
將金壺與花盞巧巧拿定，廝鬢磨倆相好口口生甜。

（白）呦！這哪裡來的花，好一股腥味臊味兒（再飲），呦呦呦！（摀嘴笑）哪兒來的花呦，這味兒嗆，你喔你，我的小嗆兒，掐的我都揪了一大截。

（白）（清嗓）哎！做人可不就是打牌！西哩呼嚕到底分個輸贏，不是你贏我錢就是我贏你錢，可我偏不服輸，我要強，我偏要掙個局面來，街裡街坊都輸我，我要他們都得輸我，哼，我就是樂意他們欠我錢，我就喜歡這感覺！（斜眼瞧）

（白）他欠我錢，我給兒子錢讓他找媳婦，我擺桌宴客嫁女兒，我死了丈夫沒人作主我給他錢，我知道他要我的錢，我的錢就是他的錢，他哥哥死了才掙到的錢，他全要，他全要他一個子兒都不給我留，他帶着白哥逛窯子也都得我出錢，我出錢給他嫖。我出得起，他會回來找我的，他一定會再回來找我要錢，我給我給，我給。他喊，好嫂子……

（唱）流蘇若柳搖搖耳中繞，人煙盡散親親奴相邀。
雖失韶華空自照，終成鴛鴦繞頸交。
哎呀親親！這纏綿到如今躲不了，惜爛漫一饗溫蘊似上雲霄。
哎呀親親！兩同心方是好難計較，倒不如盡鸞儔與花催老。

（韻）鴛鴦蝴蝶四處飛，花開花謝又一回。

（白）呀，又是一個同樣的夢境，讓我想起了昨日前日大前日，今年去年多年前，我那日日同樣的夢境呀，呀！我該醒了吧。

（白）東西呢？誰拿走什麼嗎？快快收起來，你們這些下人快把瓜子糖渣，見來人就裝闊，今天誰拿東西出來擺，還不快不給我下跪，快來人給我跪下。人呢？人死去哪去了？全都出來！

當我死豬病貓了啊，還是嫌我闊太好欺負呀，也就是我做人老實不計較，你們這些到底留下來吃白飯的，少給你們一口飯吃了嗎？全把自己當小姐了吧？不要臉。

現在這世道是人就是不要臉，給他臉還王八不要臉。裝羞全躲坑裡去，躲坑多好啊，小姐我就愛躲坑裡放屁，你們小姐我就是老太太，老太太怎樣？老太太就是來整死你們這些個自以為。出來，出來。我數，（韻）一、二、三！

第二場　一朵花

（韻）好美的一朵花，多美的一朵，
花啊……（梳頭髮）
（白）紅色的花最是喜氣了。（點頭）
他摘了一朵花送我一朵他摘了兩朵，從來都不知道哪兒開過這種……
花啊……
慢慢轉，一直一直慢慢轉，
好暈的一朵花。
紅色的花最是喜氣了，多麼恭喜的一朵花，恭喜我的美嘛。
（驕傲）
誰！你想要幹嘛！去去去。
（韻）我愛他。他這樣給我恭喜，恭喜恭喜發大財。
大紅花發財嘛。
冷淒淒的年頭，滿屋子臭味。再大顆的橘子哎呀……都不夠去地啦。
這麼好大一顆啊，這麼這麼大一顆，哇呀……
（白）誰，誰在那邊偷聽鬼鬼祟祟別以為我不知道。
別以為我不知道你們心裡一個子兒。

別看我在這裡等轎子你們盡是眼睛發紅，我知道別以為我不知道。
（韻）三顆大橘子，咰咰咰，一朵大紅花，紅花好呀～
（白）我來替他扒皮，扒了皮好。凡事都要分分明明（咬牙切齒）
（韻）讓我來替你扒皮吧大橘子。呦呵呵呵。
（扭步，至花下，拉下花蕊，鈴鐺響，拉一下，拉兩下，竊笑）
（白）大姑娘，大姑娘買油來地。賣油賣油不害臊。大姑娘呦，麻油一斗摸一把。大姑娘拉拉手，大姑娘拉拉手。姑娘呦，可憐可憐我一個木樁！來，上轎子吧上轎子！咱們扒橘子一大包，好大一包。漱漱口。（吐出）乘涼乘涼。
誰！鬼鬼祟祟想要幹嘛，別當我不知道我都知道。別當我都不知道。
（韻）南北東西琉璃珠一片，花花紅紅。（跌倒，誰出）
（白）阿姨喜歡串珠珠，一顆二顆三顆珠。
唉呀，那怎麼好意思。
說什麼不好意思。
那怎麼好不好意思。
什麼好不好意思什麼意思。
受傷了吧。珠珠。
好多珠珠，好多好多珠珠。
珠珠珠珠珠珠珠珠，

哩嚕拉了略賴雷酪流爛林亮龍，
哎那多不好意思？
有什麼不好意思。
恐怕不多好意思。
想必不怎麼好意思就別好意思。
哩嚕拉了略賴雷酪流爛林亮龍。
哎呀，那多不好呀？
不好什麼呀有人看呀！
誰！鬼鬼祟祟想要幹嘛？別當我不知道我都知道。
我都知道有什麼好看呀。
有什麼好不好意思看看呀。
（韻）三顆大橘子一朵大紅花。
紅花好啊！
橘子好不好呀？
雞啾家就街ㄐㄞㄐㄞ。
（白）你傻啊？
別傻，
你呆，

不呆，
我呆不呆？
你傻啊？
不怎麼好意思，
（韻）恭喜發大財，
你發財啊。
那怎麼好意思我等轎子呀！
東西南北琉璃珠一片，花花紅紅。

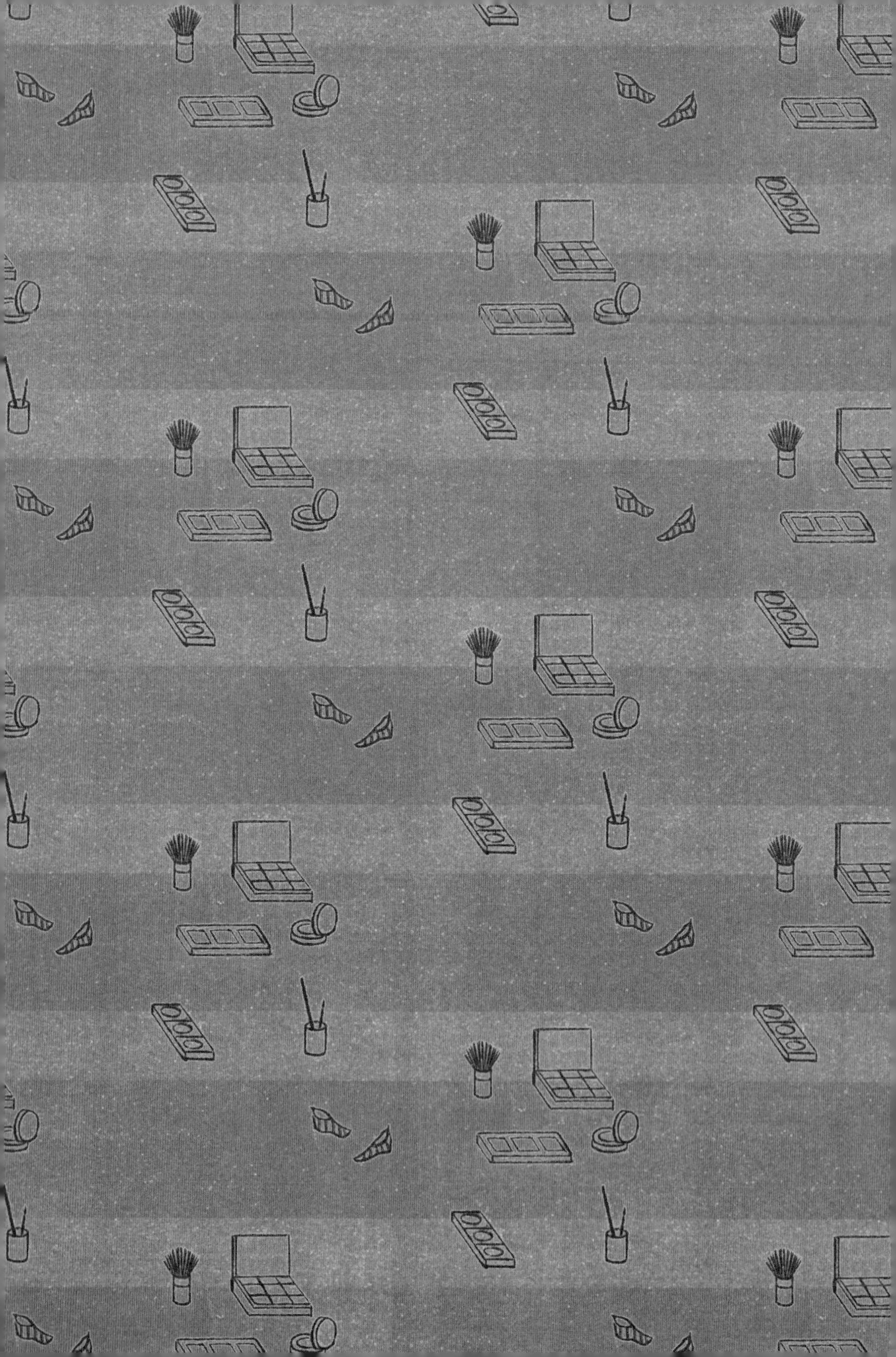

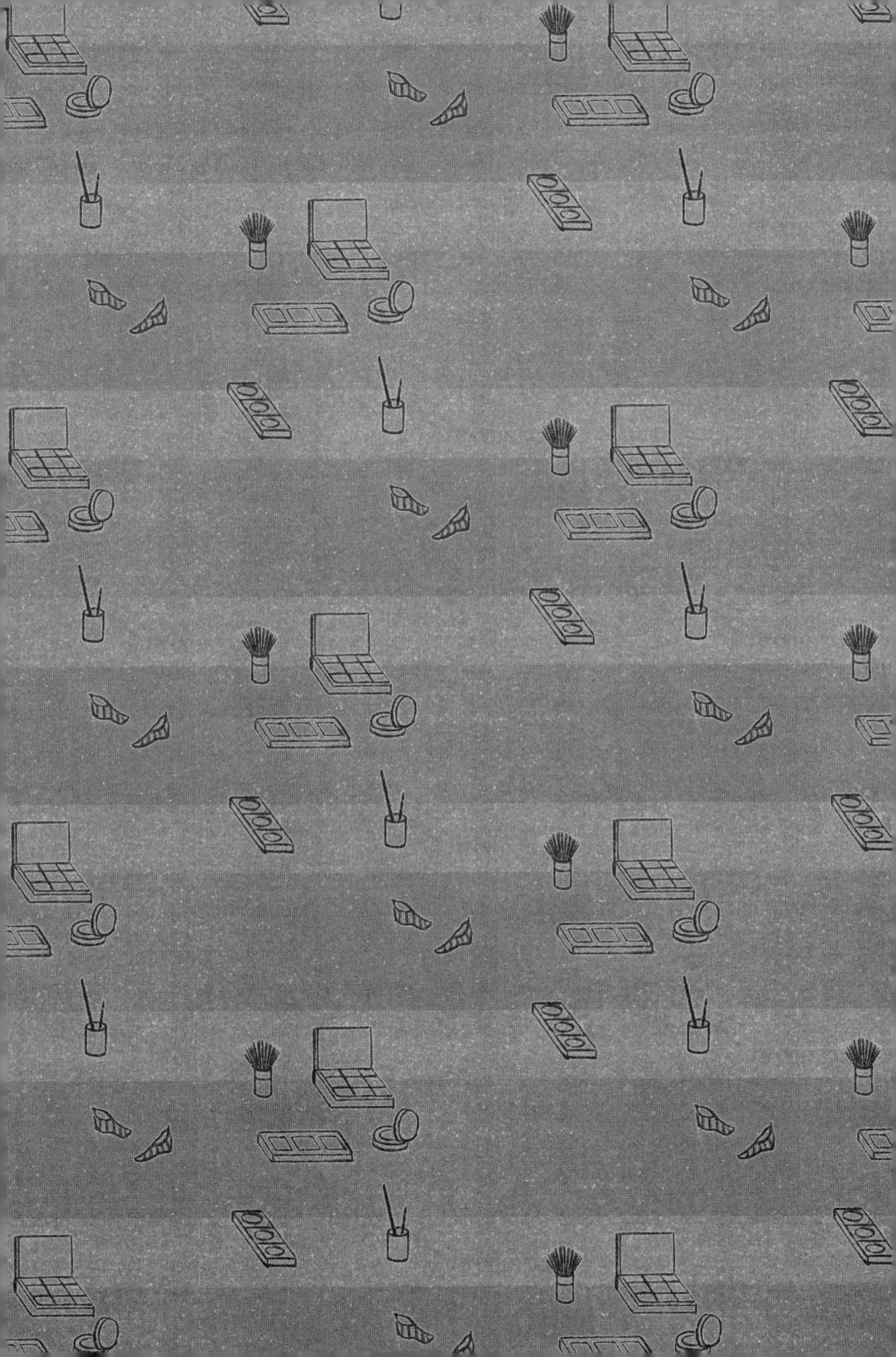

白蘭芝

出處

據田納西威廉斯(Tennessee Williams)1947年劇作《慾望街車》(A Streetcar Named Desire)之二次創作

演出紀錄

2012年12月5至10日「台北華山米酒作業場2F」

2013年1月17日至2月17日「上海話劇藝術中心 D6空間」

舞台指示

一條走道，兩側觀眾。盡頭處是一張按摩床或浴缸，觀眾容易親近，它被白紗簾圍起來。室內擺設均經塑膠布精心包裹。妹妹有潔癖，對粉塵過敏。

分場

第一場
第二場
第三場

人物

白蘭芝　姐姐
史黛拉　妹妹

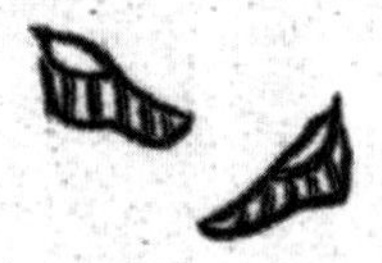

第一場

白蘭芝 我是白色我是飛蛾我是粉，我是淑女我是高音我是那些美好文明的一切象徵。這麼說吧，過去的已經過去，如今的依舊如今，比如說在一個美好的夜裡，諸位美好的端坐在這，我知道你們心裡想的是什麼，別那樣看著我。看久了人就變得太熟悉，太熟悉了美醜就模糊了。

所以，我能麻煩今夜與我有緣的各位同志們配合一下，先把你們的眼睛閉上嗎？對，不要看了！用感覺的方式，觸摸我的心。

全都閉上了嗎，全都給我閉上了嗎？

就像蝸牛那樣，不然貓頭鷹也行，都不合適的話，索幸就把自己通通當成盲人。

都閉上了嗎？很好。我們一起數到七。

我是白色我是飛蛾我是粉，今夜我是女主角你是仰慕者。敢問諸位？我誘人嗎？

我希望諸位能誇獎我一下。讚美與奉承有那麼樣的困難嗎？

女士們先生們。我知道，親愛的我知道，人生與幸福就像是一種容易剝落的東西。

別那樣不樂意地不看我，觀眾的目光總是讓人煩心。

天啊，夜裡真悶，能跟你討一杯檸檬可樂消暑解渴嗎？冰塊放多點，勞駕你了。

史黛拉 小女史黛拉，今年二十不滿五，我姐姐寫信來訪，難為情我不好同我愛人夫郎去言講，姐姐她孤苦獨身守寡不嫁，可女人一上了歲數又沒男人調節多麼的不環保，咳！

於是乎我也不至於心急給她作媒因緣。只是她文明教養學識高，定看低這裡勞動階層素質差，妹妹我今有身孕我身材變形，心中不免惶惶戚戚。觀音菩薩耶穌基督，快快許我姐姐好人家，願我郎橫豎奈何她，暫住一陣，拜託拜託。

白蘭芝 為了姐姐遠到來訪，這幾日我眼皮直跳，家和事與歡樂安康，千萬別出什麼亂子，況且，我都還沒來得及告訴予她我這肚皮底的事。

（唱）從哪裡來要去哪裡，光線一點溫柔一些，

茉莉花香絲絨洋裝，我的榮幸與你相遇。

搭乘這班欲望電車，幸福或許在哪兒等，

可愛妹妹多年不見，不知如今過的如何？

對我殷勤對我微笑，美麗的人兒歡聚良宵，

禮貌的紳士你知不知道？

搭乘這班欲望電車，幸福或許在哪兒等，

我的妹妹多年不見，不知如今過的如何？

對我殷勤對我微笑，美麗的人兒歡聚良宵，

禮貌的紳士你知不知道？

白蘭芝 請問，史黛拉住在這裡嗎？我是她姐姐，請多多指教。

史黛拉 姐姐我的好姐姐！你終於來了！

白蘭芝 呀……小星星，讓姐姐抱抱你，但是不許你看我，這兒光太亮，太亮了眼光就殘忍了。

史黛拉　姐姐裡邊請。

白蘭芝　妹妹你就住這啊。好妹妹，怎麼多年不見你多了一大圈！瞧你後腿肉。

史黛拉　姐姐你真行，一點沒迷路！

白蘭芝　姐妹咱倆多年不見，妹妹你品味變了，姐姐身材可沒變，你還認得出我嗎？歡迎不？

白蘭芝　哎！不麻煩你的，妹妹這屋小，看來房沒有門也沒有，夜裡倆小情人魚水合歡，我怎消受是好。做人家姐姐可萬萬不能妨礙了人家幸福，我看還是不便打擾的好。

史黛拉　白蘭芝我的好姐姐。

白蘭芝　史黛拉我需要你。

白蘭芝　別丟下我，如今我只剩下你了。在我們這個……

白蘭芝　兵荒馬亂的年紀，強奪豪取的日子，再也沒有，再也沒有，已經不再有任何人能對任何人的孤單無依寂寞冷清，再付出任何星星點點的關心。星星一但不在，這個世界，就不再有，閃爍的優雅的寬容而華貴的那些……那些……那些……歐！

史黛拉　姐姐我多麼擔心你。

白蘭芝　別吵！你長這麼大了怎麼還是不懂。

史黛拉　這麼多年我為夫郎忙持家疏忽了聯繫。

白蘭芝　呀，一路折騰，我的脂粉還忘了補，邋邋遢遢多罔，只是不知妹夫歡迎我不。還是僅僅當我長嫂為母，呀，我怎生消受得起。

史黛拉　姐姐多慮！你看你一副容光煥發。只是……

白蘭芝 只是什麼呀……你愛人我妹夫畢竟素未謀面，敢情他何付尊容？

史黛拉 歐！愛人的樣子……你總是無法形容得清楚。

白蘭芝 愛人，愛人？愛……人……

史黛拉 姐姐，他與我們不同。

白蘭芝 難道你是被他出眾的外表所吸引！

白蘭芝 歐！白日裡明晃晃的東西入不了我的眼。

史黛拉 不不不……妹妹我不是那樣的人！只是……

白蘭芝 怎麼？

史黛拉 只是……

白蘭芝 怎麼？史黛拉……只是……

白蘭芝 怎麼？！

史黛拉 他身家貧寒非仕宦子弟，憑著勞動身體掙錢，我們只是草芥夫妻。

白蘭芝 呦！憑什麼呀！新移民！

史黛拉 原本我可不知道這些的。

白蘭芝 這麼說，他早知道我要來了麼？

史黛拉 這……總之他現在不在家……

白蘭芝 不在家？他常不在家外出公幹的嗎？歐！太棒了！

史黛拉 歐不不不？我可受不了，我受不了哪怕只有一日見不到他。

白蘭芝　呦，小星星！

白蘭芝　（唱）誰讓你擔心誰讓你陷入愁雲，

誰讓你擔心誰讓你驚天動地。

史黛拉　（唱）花開有花蜜甜甜入心底，溫柔史丹利我願意我願意。

白蘭芝　（唱）誰讓你擔心誰讓你陷入愁雲擔心，

誰讓你擔心誰讓你驚天動地擔心。

史黛拉　（唱）恩愛不分離永遠在一起，天涯海角不離不棄。

白蘭芝　史黛拉我的好妹妹……不就是男生女生談戀愛，老公老婆生小孩嘛，你怎麼就軟成了條小蟲，至於嗎？哎！

白蘭芝　（唱）誰讓你擔心誰讓你陷入愁雲，

誰讓你擔心誰讓你驚天動地。

史黛拉　（唱）花開有花蜜甜甜入心底，溫柔史丹利我願意我願意。

白蘭芝　（唱）誰讓你擔心誰讓你陷入愁雲，

誰讓你擔心誰讓你驚天動地。

史黛拉　（唱）恩愛不分離永遠在一起，天涯海角不離不棄。

恩愛不分離永遠在一起，天涯海角不離不棄。

不離不棄，不離不棄，不離不棄，不離不棄。

（待史黛拉漸漸恢復冷靜）

白蘭芝　你會責備我的，我知道，有一天你定會歸咎於我。不要用那種柔弱的眼光看著我，好像你已經知錯似的，不錯！僅僅是軟弱都還不夠，還得時時溫柔才會迷人，甚至連溫柔都不夠，在這個世界上，作人不僅僅要軟弱要溫柔，還要能夠去引誘。是啊！幸福仰賴引誘。你沉溺幸福之中怎麼會懂？看看我，我還剩什麼？當滿街的妙齡少女占盡所有光彩，你替我算算，我要到何時才能將局面重新扭轉回來。妹妹，我不是責怪你的意思。你有在聽我說話嗎？

史黛拉　我只能力求自己溫飽，姐姐。

白蘭芝　我懂，好妹妹我懂。但終究是你先走，多年來留下我任人譏笑。

史黛拉　我只能這樣作姐姐。姐姐你先別犯癲，到底發生什麼事？

白蘭芝　這兩年不好，這兩年我過的不好。

史黛拉　呀？

白蘭芝　（唱）沒有風光的喪禮，沒有列隊的馬匹，
我們兒時歡樂的情景，如今煙消殆盡。
戰爭過去，四面八方乞飢人群，
暗夜的狼，我手無寸肌。
別哭泣別傷心我的至親，往昔仍是往昔，
我該如何對你說明，那些薔薇花的回憶。
誠實面對你的任性，離去你的愛情，

幸福美麗，我該如何挺身代替，

殘破身體，我們殘喘相依。

別哭泣別傷心我的至親，如今依舊如今。

史黛拉　老家美夢園沒了？怎麼回事？

史黛拉　姐姐！

史黛拉　別說這了，讓我看看你帶來的漂亮洋裝，這些箱子可真沉。

（行李搬運中不小心，散落一地）

第二場

白蘭芝 哎呦！真糟，我怎麼粗心撒了一地，多浪費，趕緊收拾起來，沒了粉可不敢見人了。你別嚷嚷，你別，你別老嚷嚷催逼。

史黛拉 這可怎麼辦！

白蘭芝 呵呵，我就問他，我長得怎樣，他說沒有哪個女人不知道自己長得怎樣，可我就偏不清楚偏不明白，因為看過我不抹粉的人，已經沒有了……

史黛拉 姐姐！姐姐！我肚子疼！

白蘭芝 哎呦！什麼？怎麼了，史黛拉…史黛拉有喜！歐我的史黛拉就要作人家娘，真是太好了，一切都會很順利的！太美了！歐！我不舒服。

史黛拉 怎麼撒了一地，姐姐你還行吧！我看用水洗吧，這掃不起來了。

（行李箱又再次掉在地上）

白蘭芝 太浪費了，我能自己來，你先到外面歇歇。我開他玩笑，我管他作小伙，真不好意思，我對你丈夫開了一個玩笑。

史黛拉 姐姐，一會兒那些臭男人就要回來打牌，史丹利這樣對你無禮真不應該。

白蘭芝 我想他只是不習慣茉莉花香水罷！我們失去的老家，那棟大宅子，就像，就像大樹自凋零……姐姐我，現在就只剩你們了。

史黛拉 姐姐咱能不能快點。

白蘭芝　歐！多美的夜空，要是我能坐火箭上去，我就永遠都不要下來，永遠永遠都不要下來。你看看我還行嗎？

白蘭芝　呵呵呵呵。

（史黛拉擔心姐姐進夜店會鬧事，便喃喃自語，二人正準備出門上酒吧）

白蘭芝　你正在聽我說話嗎？剛才談到，藝術，詩歌，文學，音樂，還有某些某些細微的源人性的溫柔呼喚，我們終得讓他們生長，緊緊依附，緊緊地堅持著，掌著一面大旗，在我們那暗夜的踽踽獨行的道路上緊握，哪怕去哪裡都行，這樣就不會怕了。你懂嗎？不要怕！不許怕！

史黛拉　你犯癲講的話我可聽不進一句。

白蘭芝　那是給我的可樂嗎？真好！難道這裡只有可樂？

史黛拉　你是說你還想加點威士忌？

白蘭芝　親愛的，不過就是加點威士忌而已，不用服侍我，我能自己來。

史黛拉　歐不不不，讓我來服侍你。我認為，這樣才有幸福的感覺。

白蘭芝　真好，那也行。

（角色轉換，白蘭芝扮演史丹利）

史黛拉　姐姐！

白蘭芝　史黛拉呢？

白蘭芝　你看起來還可以。

史黛拉　我……？

白蘭芝　我可不同意說我什麼粗手笨腳，抽跟菸吧！

史黛拉　小心！它壞了。它們全都鬆了。

白蘭芝　我跟史黛拉剛剛才幫你整理過。

（史黛拉莫名其妙地看著姐姐，開始嘗試扮演白蘭芝）

史黛拉　歐！

白蘭芝　看來，你似乎打劫了好幾家巴黎時裝店！瞧你這副皮草得花多少錢。

史黛拉　害！這……都是，都是我的一位仰慕者，他送的。

白蘭芝　看來，他定然對你有無限的仰慕吧！

史黛拉　歐，我年輕的時候，是有過，有過那麼幾位仰慕的人。你看我現在的樣子！你應該也還能想像，你覺得我有可能，一度也曾，相當迷人嗎？

白蘭芝　你樣子還行。

史黛拉　你可以說兩句好話嗎，史丹利。

白蘭芝　我對這玩意兒沒有興趣。

史黛拉　玩意兒？

白蘭芝　我從沒碰過一個不知道自己模樣的女人，非要人家提醒他似的。我以前有個對象，長得像洋娃娃。她老對我喊，我迷人嗎？我迷人嗎？魔鏡啊魔鏡！請問有事嗎？

史黛拉　別看我，我可不是這樣的人。

白蘭芝 然後他就閉嘴了。我告訴你，現在不興這種把戲了。

史黛拉 我想女性魅力搞不好根本沒法蠱惑你。

白蘭芝 你又知道了？

史黛拉 你簡單直率又誠實，還多少有點粗野。想要引起你的興趣，一個女人就得先把牌亮出來。

白蘭芝 好，我從來就不喜歡墨墨跡跡的娘炮，這也就是為什麼昨天晚上你進門我就對自己說，這下好，我妹妹可嫁了個爺們。當然，一面之緣我也只能看的出這麼多。

（史黛拉放棄陪姐姐玩）

史黛拉 姐姐，姐姐我們別鬧了。說點開心的事吧。姐姐……

白蘭芝 姐姐……

（白蘭芝突然轉而扮演妹妹，隨後還是回到妹夫角色，變得更暴力）

史黛拉 姐姐……看看你的漂亮衣服，

白蘭芝 姐姐……看看你的漂亮衣服，

白蘭芝 快收起你這些雞鴨鵝毛的道具戲服！

史黛拉 史丹利，你別在裡面，讓她把衣服換好。

白蘭芝 親愛的，已經換好了，我跟他談點事兒。

史黛拉 你……你想知道什麼？

白蘭芝 那些文件呢？在哪裡？

史黛拉　我們把箱子都翻過一遍了。

白蘭芝　那底下是什麼？

史黛拉　對不起，那是我們翻的。

白蘭芝　小心。那是情書，日久天長都黃了，那是一個小伙子給我寫的。

史黛拉　放回去我求你。

白蘭芝　我得先看看！

史黛拉　你會弄髒他們的！快放回去。

白蘭芝　少跟我來這一套。

史黛拉　你這樣是逼她把信都燒了，你別胡鬧了。

白蘭芝　這到底是什麼邪門的玩意兒！

史黛拉　是一個已經死了的小伙寫的詩。我就像你傷害我這樣傷害過他。可是你再也傷不到我了，我已不再年輕，不再脆弱了。算了算了，還給我，還給我就好了。

白蘭芝　你剛剛說把他們燒了是什麼意思？

史黛拉　對不起，我昏頭了，每個人都有一些不願讓人觸碰的東西。因為他們可能帶著某種私密性。

（史黛拉扮演起她的丈夫）

史黛拉　那些文件呢？在哪裡？

白蘭芝　我們把箱子都翻過一遍了。

史黛拉　那底下是什麼？

白蘭芝　對不起，那是我們翻的。

史黛拉　那是情書，日久天長都黃了，那是一個小伙子給我寫的。

白蘭芝　放回去我求你。

史黛拉　我得先看看！

白蘭芝　你會弄髒他們的！快放回去。

史黛拉　少跟我來這一套。

白蘭芝　你這樣是逼她把信都燒了，你別胡鬧了。

史黛拉　這到底是什麼邪門的玩意兒！

白蘭芝　是一個已經死了的小伙寫的詩。我就像你傷害我這樣傷害過他。可是你再也傷不到我了，我已不再年輕，不再脆弱了。算了算了，還給我，還給我就好了。

史黛拉　姐姐……姐姐！我肚子疼！

白蘭芝　（唱）史黛拉呀史黛拉呀肚子裡有小小Baby，
小Baby呀不聽話阿蹦蹦跳跳要找阿姨。

史黛拉　（唱）沒關係不要緊我可以照顧好我自己

白蘭芝　（唱）小媽咪呀小媽咪呀轉轉圈呀讓我親親，
妹妹擁有幸福真愛還有一個小小Baby

史黛拉　（唱）沒關係不要緊我可以照顧好我自己

姐姐你有一天也可以我一定要幫你
美夢園咱爹娘已失去我必須要幫你

（白蘭芝失神落魄地）

白蘭芝 妹妹生了娃，人生圓滿了。

白蘭芝 妹妹對我好，我也都知道，我怎麼會不知道你對我好呢？我怎麼會不知道呢？我知道你不習慣見到我情感脆弱的樣子。但是你願意相信我嗎，我心裡有些話還沒跟你說……妹妹生了娃，人生圓滿了。妹妹對我好，我也都知道，我怎麼會不知道你對我好呢？我怎麼會不知道呢？我知道你不習慣見到我情感脆弱的樣子。但是你願意相信我嗎，我心裡有些話還沒跟你說……姐姐不會待很久的，我不會，我發誓我……

史黛拉 別擔心，我們還有點時間。

白蘭芝 是邁奇，邁奇他等等要來，我不希望他看到我這副狼狽樣。史黛拉！

白蘭芝 我只給過他一個吻，歐，我怎麼說漏嘴！

史黛拉 姐姐，你不過才三十，男人呀，容易變心意，特別是那些媽寶。

白蘭芝 咦！不是你作的媒嗎？

史黛拉 這……

白蘭芝 （唱）我知我已黃花下，我知我已黃花下，
我知我已黃花下，我知我已黃花下。

史黛拉 姐姐，我不是這個意思。

白蘭芝　這些粗鄙之徒日日盡愛打牌閒扯浪費生命，妹妹你怎麼受得下氣！

史黛拉　姐姐。

白蘭芝　史黛拉，我怕。

白蘭芝　我希望給他留下好印像。讓他願意……

史黛拉　姐姐，你想要？你想要他？

白蘭芝　我想要……我要休息我要安靜，我想要往日裡平靜的呼吸，我的虛榮心再也禁不起。歐！說什麼來著？歐！是的，我想要邁奇，我非常想要他。

史黛拉　我相信你可以，可憐的白蘭芝，但是請你別再喝酒了。

白蘭芝　你可知道一個女孩，孤單單在世界上，必須牢牢控制住自己的感情，否則就會迷失，就會迷失了方向。史黛拉，我們都太嚴肅緊張，但這最後一刻，在我們的人生中，我們能相聚的最後一次機會裡……我要造「福田」！我要焚香！

史黛拉　福田？焚香？姐姐你不要再喝酒神精兮兮了吧！

白蘭芝　天女撒花福澤大地。現在，我們來假裝我們坐在塞納-馬恩省河畔，充滿氣質的左岸咖啡館。哎，過來！你懂梵文嗎？

史黛拉　我的好姐姐呀！你邊洗澡邊焚香邊講印度話呀！

白蘭芝　邁奇！邁奇快幫我惦惦我幾磅重？

（史黛拉抱以同情，看姐姐這樣瘋癲也就陪她演起了邁奇先生）

史黛拉　看白蘭芝多輕呀，我想我一手就能把你舉起來。

白蘭芝　歐！邁奇你真勇猛。

史黛拉　夏天我不喜歡穿太薄的衣服，流汗太多容易濕透。

白蘭芝　哎呀！那樣看起來多不好。

史黛拉　男人太笨重不好挑衣服，穿多了老顯拙。

白蘭芝　你一點都不胖呀……

史黛拉　是嗎？你喜歡這種體型嗎？

白蘭芝　筋骨強壯體形健美！

史黛拉　謝謝你白蘭芝，起初我的肚子盡是肥油，現在，你摸摸看。

白蘭芝　天啊你真棒！

史黛拉　哈哈哈哈哈哈！

白蘭芝　史黛拉，不要嘲笑我，你從別人那裡聽到了什麼，都告訴我，就是不要在背後嘲笑我。

史黛拉　（唱）死去比誕生昂貴，夢比愛持久，

古道斜陽，星月依舊。

憂鬱比歡樂還重，恨比思念輕鬆，

只有寬容，她才能走。

青春悲傷，少年芬芳。

秋色珠黃，人走茶涼。

白蘭芝　死去比誕生昂貴，夢比愛持久，
一樹梨花，千里東風。
我不懂，我真不懂，那時我很年輕，我殺了他。

史黛拉　（唱）故所以呀……
依舊比斜陽還重，深情比酒濃，
只有煙波，祝福美夢。
為何悲傷？眷戀芬芳，
人走茶涼，模樣模樣。

白蘭芝　我不懂，我真不懂，那時我很年輕，我殺了他。

史黛拉　你別亂說，是他自己殺了他自己，他跑到湖邊把槍放在嘴裡自殺了。

白蘭芝　是我殺了他，是我殺了他，我跑出去，所有人都跑出去圍在湖邊，目睹這悲慘的場景。

史黛拉　凶手不是我，我不是凶手！

（兩人爭相扮演姐姐）

白蘭芝　是我殺了他。史黛拉！

史黛拉　你有證據嗎？

白蘭芝　夠了！

史黛拉　他根本就不愛你，他根本就不愛你，你值得嗎？

白蘭芝　用不著你管。

史黛拉　白蘭芝你看看你現在這個樣子。

白蘭芝　怎麼了我看起來怎麼了，怎麼了怎麼了怎麼了……我看起來不好嗎？

不好嗎不好嗎不好嗎……

史黛拉　你要行動起來，你要振作起來，為自己創造一種新生活，不要始終活在過去當中。

白蘭芝　是嗎？你真的這麼想？

史黛拉　活在過去的榮耀裡，沒錯，你甚至屈服了，這是不對的。

但是你還年輕，你可以掙脫出來的，相信我！

白蘭芝　我沒有什麼想要掙脫的。

史黛拉　你說什麼白蘭芝，你愛上一個骯髒的同性戀你還嫁了他，這是事實。

白蘭芝　請注意你的用詞，詩人，他是一位詩人。況且，我已經說了，我沒有什麼想要掙脫的。做人總得學會彼此適應。你看看你這裡簡直像垃圾堆一樣，到處都是酒瓶菸蒂，實在太沒水平。

（白蘭芝躲在一角發抖）

史黛拉　你還好嗎，親愛的？

史黛拉　我真是越來越搞不懂你了，經歷了那些事，你怎麼還能無所謂。

（史黛拉扮演史丹利，白蘭芝在求助，白蘭芝扮演妹妹）

白蘭芝　親愛的。

史黛拉 是你幹的嗎？我問你話！

白蘭芝 親愛的，今天是白蘭芝的生日。

史黛拉 人呢？

白蘭芝 洗澡呢！

史黛拉 洗掉過去？哈哈哈！

白蘭芝 別這樣！

史黛拉 他進去有多久？

白蘭芝 整整一個下午。

史黛拉 老皮都發皺了吧！

白蘭芝 我想是的。

史黛拉 攝氏39度的天氣他還泡熱水澡？

白蘭芝 晚上他就能涼爽些。

史黛拉 我看你該去給他買可樂，伺候伺候你這位浴缸裡的太后娘娘。來，過來。我有事說。

白蘭芝 別這樣，我還要忙。

史黛拉 坐好，我跟你講，我已經摸透了你這位顯赫大姐的底細。

白蘭芝 你為什麼總是要跟他過不去。

史黛拉 他瞧不起我。

白蘭芝 我知道你一直在找碴，但是你得明白，白蘭芝和我生長的環境跟你是很不一樣的。

史黛拉　別再說了我都能背了，但是你知道他跑到這來以後說的那些全都是放狗屁。

白蘭芝　什麼？我不知道，我不想知道。

史黛拉　女騙子，事到如今紙包不住火，被我找到證據了。

白蘭芝　什麼？小聲點。

史黛拉　不折不扣的金絲雀！

白蘭芝　你到底查到什麼快說。

白蘭芝　你是聽誰說的？

史黛拉　我們廠裡有個業務員這幾年負責你老家美夢園一帶的供銷，打聽了一下，你姐老有名了，那名氣可不輸電影明星，這個同事出差時就跟他同住過一個旅館，一個叫金鳳凰的旅館。

白蘭芝　什麼金鳳凰？我姐姐住美夢園，那是我們老家，那一帶最大的莊園。

史黛拉　那是家產變賣以後的事，後來你姐她就搬進了金鳳凰，一家便宜簡陋的破旅館。你知道這種地方都是一些開鐘點房的人進出，也不查身分證的，櫃台對亂七八糟的客人見怪不怪，但是你的姐姐，可讓人家印象深刻了，逼的人家老闆要她退房交鑰匙，還列為拒絕往來戶。

這事就發生在來咱家一兩周前。

白蘭芝　天啊！那這一兩周，她還有哪裡能去？

史黛拉　總之，我們大家都被耍了！

白蘭芝　騙人，我不相信，你這位同事實在太可惡了！

史黛拉　那裡的人跟他約會兩三次以後都學聰明了，白蘭芝就一個一個找，一個一個換，一樣的台詞，一樣的戲服，一樣的劇情，日子一久沒有把戲能耍，也就成了鎮上的名媛。人家都說白蘭芝是碰不得的瘋婆子。最後連鎮長都受不了，只得出面要白蘭芝滾蛋。你知道你們老家附近有一個軍營嗎？白蘭芝在金鳳凰的房間，到最後簡直就變成了那些士官阿兵哥輪流派駐的營地。

白蘭芝　我不想再聽了！

史黛拉　再告訴你一個發現，不僅鎮長受不了，連她任教的學校校長也受不了。白蘭芝還跟過一個十七歲的男學生鬼混。

白蘭芝　這個世界太惡毒了。

史黛拉　人家的家長都找到學校去，還當著校長的面質問你……

（二姐妹回到自己的角色）

白蘭芝　史黛拉！！能幫我找條毛巾嗎？我把頭髮弄乾。

史黛拉　沒事，親愛的，史丹利給你準備了生日禮物。

白蘭芝　史丹利好像生氣了，他在生誰的氣？

史黛拉　沒事沒事，你還好嗎？舒服點了吧！

白蘭芝　我可能有點累，等我洗完也該換你洗個熱水澡。

史黛拉　你還要多久？

白蘭芝　不會太久的。不會太久的。蛋糕上插了幾根蠟燭呀？

史黛拉　二十五。

白蘭芝　好極了，等我把頭髮紮好換件衣裳馬上出來。怎麼了，難不成你在等別人？

史黛拉　我們還邀了邁奇。

第三場

白蘭芝　你在醫院的這段日子……

史黛拉　白蘭芝，洗過澡，舒服些了吧！頭還疼嗎？

白蘭芝　自然的力量總是能讓我繼續活下了來。怎麼了嗎？

史黛拉　沒事沒事。

白蘭芝　你騙我，一定出事了！

史黛拉　白蘭芝，我們把這裡的燈都打開吧！

白蘭芝　什麼燈？為何開燈呀？

史黛拉　姐姐我很擔心你現在的狀況。

白蘭芝　怎麼了嗎？我看起來不好嗎？

史黛拉　你看起來好極了，只是，我現在是人家的娘了。

白蘭芝　呀！你該有多幸福呀。

白蘭芝　姐姐可以照顧自己，姐姐過的很好，你不用擔心，只要有熱水澡，放鬆神經……歐對了！我最近有個好消息。你記得以前在老家的時候有位蕭先生？他最近聯繫上我，還給我發了電報！猜猜是什麼！都這麼多年了還記得我。

史黛拉　都這麼多年了。

白蘭芝　他竟然邀請我去加勒比海！天啊我該穿什麼？

史黛拉　不過那位蕭先生不是結婚了？

白蘭芝　我可不作人家情婦，所以我還在考慮要不要去。

史黛拉　歐。去吧去吧！能去度假透透氣多好！我多盼望姐姐也能幸福。我們都要幸福。

白蘭芝我只剩下這個了。

史黛拉　哎呀！為何開燈呀？

白蘭芝　就是它，用紙罩著的，就是它。

（史黛拉扮演姐姐，隨後白蘭芝扮演邁奇）

史黛拉　你為什麼要這麼作。

白蘭芝　我要好好看看你。

史黛拉　不會是要污辱我吧！

白蘭芝　不，我只要看清真相。

史黛拉　什麼真相，我不要。我不要真相我只求魔幻！

白蘭芝　我不要真相我只求魔幻。

魔幻？多麼熟悉啊魔幻！我希望全世界每一個人都擁有它！對，它就像是，自由！

史黛拉　我有時會說謊。

白蘭芝　我說那些應該變成真相的東西，如果這樣有罪，就讓我承受一切罪罰吧！

史黛拉　歐不！白蘭芝，是我該受罰的！

白蘭芝　別開燈！

白蘭芝　（唱）我遭遇了死亡我遭遇了他，他向我走來他白髮蒼蒼。

他沒有兒孫他不說話，他不說話我遭遇了他。

我害怕孤單我害怕不說話。

白蘭芝　娶我吧！邁奇！

史黛拉　不可以，你不夠乾淨，我不能把你帶回家跟我媽媽住在一起。

（史黛拉回到原本角色）

史黛拉　歐！姐姐，我不想再演了。

白蘭芝　（唱）我遭遇了死亡我遭遇了他，他向我走來他白髮蒼蒼。

他沒有兒孫他不說話，他不說話我遭遇了他。

我害怕孤單我害怕不說話。

白蘭芝　你，你那是什麼眼神？我哪裡不對嗎？

史黛拉　姐姐你多美，完美極了！你準備好了，要去旅行了！

白蘭芝　多美好，淑女白蘭芝登上郵輪航向加勒比亞恩海！

史黛拉　多麼幸運！

白蘭芝　幫我把拉鏈繫上。

史黛拉　好了！

白蘭芝　謝謝你！我迫不及待要離開這裡！這就像是一個陷阱。

史黛拉　姐姐你的衣服是紫丁香色。

白蘭芝 史黛拉，你別胡說，這是黛拉羅比亞兒藍。葡萄洗了沒？

史黛拉 啊！

白蘭芝 我只是問他洗了沒有？衝衝水涼爽些。親愛的，就算那是從法國市場買回來的，也不表示不用洗！聽！聖母院的鐘聲！現在世界上就只剩下她，她是唯一潔淨的。

白蘭芝 （唱）一齣悲劇僅僅這樣沒有風波沒有掙扎，老婦沒有希望。

（二人回到原本角色）

白蘭芝 妹妹！你知道船不等人的。我差不多得動身了。

史黛拉 歐歐！等等！人還沒到！

白蘭芝 史黛拉，我不想從那些粗鄙惡徒前經過。

史黛拉 那就再等一下，等他們打完牌再說，親愛的我們先坐一下。

史黛拉 你們能等等嗎？她還在裡面。今天他們來接白蘭芝，雖然是我的主意，但老天爺！歐不！我還是和史丹利大吵了一架，我的小寶貝聽話，乖！阿姨要走了！只要阿姨走了，我們家就還是幸福的！

史、白 （唱）孤獨是冷，寂寞便恨，生了Baby變成阿姨。
羨慕是花，忌妒相伴，阿姨抱抱小Baby。

白蘭芝 是找我的嗎？他們肯定是來探訪我！達拉斯來的紳士嗎？

史黛拉 是的，我相信他是。

白蘭芝 只是……我可能還沒有準備好！

史黛拉 我讓他們在外頭等一下。

白蘭芝 他們？他們是誰？

史黛拉 一位紳士與一位女士。

史、白 （唱）孤獨是冷，寂寞便恨，生了Baby變成阿姨。
　羨慕是花，忌妒相伴，阿姨抱抱小Baby。

白蘭芝 歐！我想不透怎麼還有一位女士？她穿什麼款式的衣服？戴了什麼樣的首飾？珍珠？鑽石？皮草？瑪瑙？是假貨吧？她幾歲？

史黛拉 普通的套裝而已。我們可以走了吧，白蘭芝？

白蘭芝 我看起來怎樣？

史黛拉 完美極了！

史、白 （唱）缸裡的金魚幻想著河，
　夜裡的飛蛾匆匆撒粉。
　走吧走吧祝福他，
　再見再見遺忘吧。

白蘭芝 麻煩各位先生不用送了，我借個道讓讓。

白蘭芝 阿！他他他，他不是我要等的人。

史黛拉 你是不是忘了什麼，白蘭芝？

白蘭芝 歐！對對對！我忘了，我忘了我的化妝盒，還有香水。

史黛拉　輕一點！對她輕一點，你們別弄傷她！白蘭芝你忘了什麼讓我幫你找找？

白蘭芝　我不認識你，但請你讓我一個人靜靜，這個請求失禮嗎？

史黛拉　姐姐！你的燈罩？你們放開她，你們要對她做什麼！

白蘭芝　不管你是誰。我一向依靠陌生人的善意！

史黛拉　白蘭芝！白蘭芝！我到底對你做了什麼？

史、白　（唱）缸裡的金魚幻想著河，

夜裡的飛蛾匆匆撒粉。

走吧走吧祝福他，

再見再見遺忘吧。

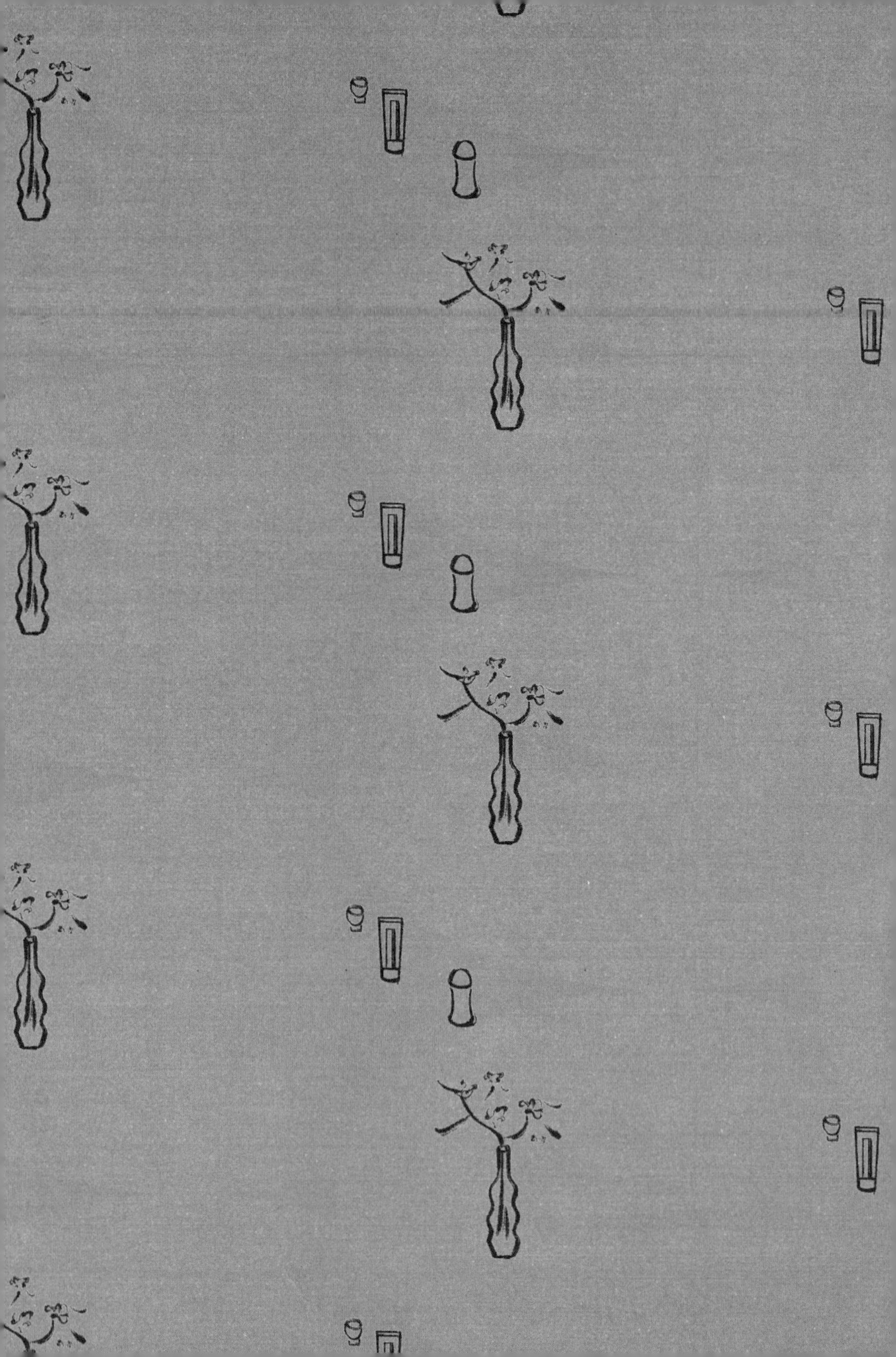

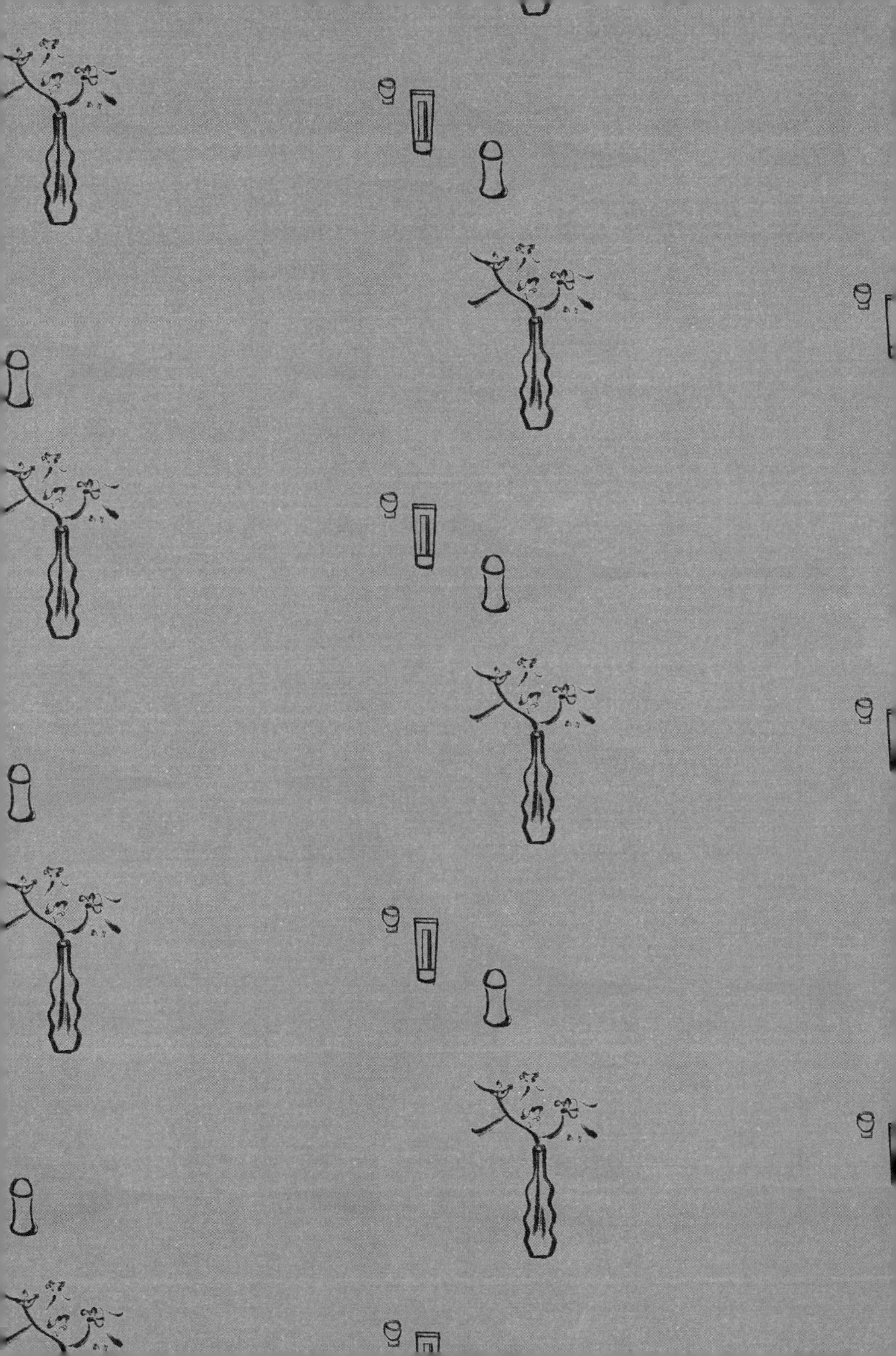

陳清揚

出處

據王小波1992年小說《黃金年代》之二次創作

演出紀錄

2009年1月15至23日「台北華山果酒禮堂」

舞台指示

在籃球場，一個空間侷促的司令台上，陳清陽進行自我批判，口氣理性富有邏輯感，一絲不苟精神抖擻。她把她浪漫激情的青春啟蒙翻譯成為另一種語言。她是扭曲的。但她又似乎明白別人眼中她的模樣，於是，她更像是豁出去了不怕了。

人物

陳清揚

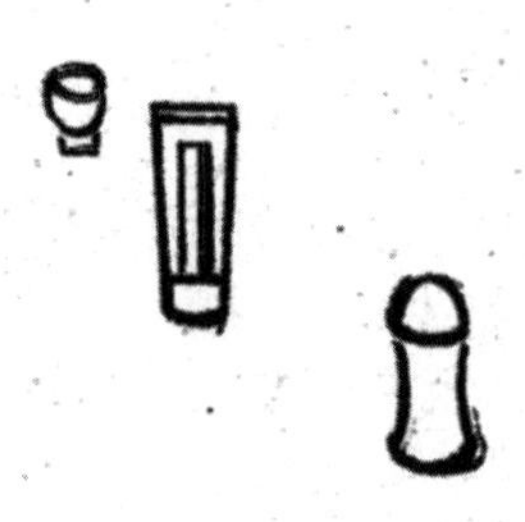

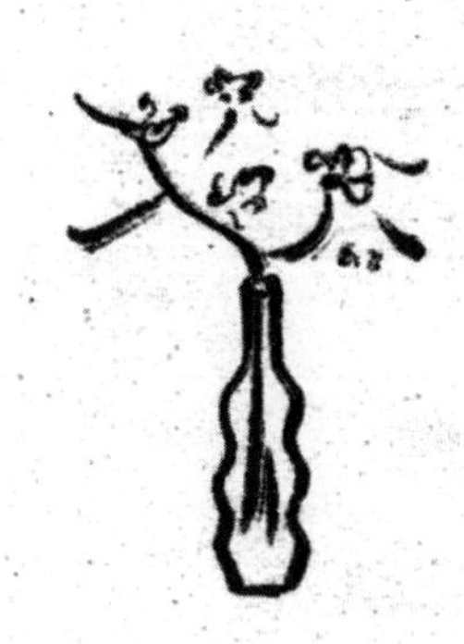

（陳清陽剛才接受調查，把脫在地上的衣服重新穿起來，站好）

（一張桌子一張椅子）

陳清揚　我偷漢子。

王二同志與我私奔到山上去，劉老爹就快死了，他的地又肥又軟，地上正巧還有一個洞，我們把衛生套全往裡頭扔，我能證明事實，衛生套是我從醫務室帶走的，天然橡膠。

我的奶子高聳……我怎麼叫？如果這是關鍵，當時確實發出過聲音。現在要聽嗎？我主動找他，當初我需要有人證明我清白，我不是破鞋。可後來我坦然接受，我是。

（她瞇著眼睛在地上找東西）

（她撿起一張小紙片）

對，這可以證明我所發出的聲音。（她試著嗚嗚啊啊地揣摩音量）破鞋！從來不知道那是什麼。他起初嚇著，直瞪著我，我一時臉紅不願再嚷，幾回後，他終於開口要我像以前那樣嚷，我就說，我試試。

「一根皮帶一杆槍，一條毛巾鼓腮幫，七情六欲全不顧，天天面朝紅太陽。」

（她換張紙，唸著紙上的標語）

呵！是王二的情書。王二的情書。

（電子雜訊聲，更衣重入）

我是陳清揚。我站在新中國豐美之地上，土地因人民奮起在震動，尚未成熟的梨子掉落於地，但是鐵軌，鐵軌未達的遠方車站已豎起，勞動啊勞動！所有青年的熱血，熱血的青年，脫下你們的褲子！讓新秩序的希望勃起！噴射！噴射！瘋狂的噴射！去滋養泥土，灌溉大地，那條苦悶的龍，他正聆聽，從你們的臂膀直到腰際，抽插！浪費你們的汗水，揮霍你們的慾望，讓他甦醒，讓他從蚊子與潮濕的暗夜升起，當天邊出現花朵的時候。來了來了，時候來了。但現在，風沙與灰塵從雪地裡迷失了自己，青年人，你們的自拔與勇氣呢？來！青年人！伸出你們的小和尚！

（安靜）

（她從衣服裡拿出聽診器，仔細聽著牆壁）

注意！有人靠進，一共五人，三男兩女，注意！（下達指令）

門外注意！立定，稍息。身份（知識青年），階級（組員），代號（和尚）

他們到底想幹什麼？（自問）

（布景轟然落下）

（轉身穿上外套）

戰友們好。北大醫學院畢業，下鄉改造思想，共產主義好，武統台灣好，

毛主席啊新中國的希望！我是個破鞋，姓陳名清揚。我偷漢，光天化日偷漢。

事實證明我就是破鞋。那天晚上我雙腿緊夾了他的腰，浣熊那樣，他用盡小和尚之力

往我身上弄，我興奮極了，我通紅臉頰，尤其批鬥會完我都要，就像包裝好的禮物被
人打開，我坐在桌上，任他瞎弄。
（五人抬桌子進來，一人指揮，剩下四人聽從指示）
（陳東搖西弄測試桌子的堅固度，之後陳清揚坐上去）
各位同志，每次開完鬥爭檢討，我就想要，我是千真萬確沒有造假。
原來我不是破鞋，我的丈夫坐牢之後，便有人說我是破鞋，他們教我這樣講方能保安
全，但我不懂那個意思，我不願一知半解平白無故就得到一個新身份，於是我便來到
這裡。
王二說，因為我的皮膚白晰奶子翹，所以我有大好機會成為破鞋。
但我不是，王二可以證明我的清白。
農村醫務室的工作千篇一律，鄉下土人一個個爭相要我打針，脫褲子給我看，
其實根本也沒病，偏要打針，不願吃藥。他們見我的神情淡漠就認定我經驗太多，他
們說我是破鞋。有一天王二掛號，他的腰間肌肉受傷發炎，他與其他人不同，我知道
他需要治療，而且他的眼神誠懇，我相信他是有病之人。（準備打針）
我尋思，恐怕只有王二才能替我證明我不是破鞋，替我平反腐化之屈，因為他是唯
一一個不把我當破鞋的正人君子。於是我奔下山去，我推開門，跑進王二的屋子。
我身穿醫師服，情急之下沒有換裝。
他認為大家說我是破鞋，我就是破鞋，這沒有道理，就像大家說我偷漢我就偷漢，也

沒有道理。因為結婚的女人不偷漢便會面色黝黑，乳房下垂。但我沒有，所以我準是破鞋。他們還說這樣太吃虧，雖然吃虧，除非我真去偷漢，然後承認破鞋。別人沒有義務先弄明白我是否真的偷漢才決定我不是破鞋。我該為自己打算，少點損失，吃虧多損失。真想賞他兩個耳光。

我氣極了當下，他不願意證明我不是破鞋，他跟其他人沒二樣，我錯看了人，我不該穿著醫師服就離開醫務室。王二是個惡棍，我打從心裡想賞他耳光。

第二次我去找他，因為傳言我倆搞破鞋，我要王二替我證明，這是沒有的事。

他卻說，他寧可證明他不清白，我們來性交，這樣我便是破鞋，於是我們不必煩惱清白不清白的事，不用自尋苦惱。

聽起來相當有道理，這個混帳，想趁機拖我下水，什麼寧可不清白，說的好像我們應該一起同流合污，這有什麼不好。

這當然沒什麼不好，但也不是一件好事。

如果我真的是破鞋，就是說王二也把我當成破鞋，我豈不真的一輩子洗不清，雖然我從不藐視破鞋，他們通常看起來人模人樣有教有養，但是我怎麼能知道他們會不會彼此藐視，拿權力去抑制差異。破鞋與破鞋之間我可不懂。

如果我成為破鞋，那有天我若遇見另一個破鞋，我會不會被他藐視？

我不希望有人被藐視，因為我自小就不曾受人藐視。全是王二造成的，他居然向我提議一起來性交。要我不再有這個煩惱，這個混帳，我一定要賞他耳光。

他請我吃魚，根本是場騙局，其實我自己也清楚，沒事吃什麼魚，誰不知道他的心思，

他說我們來傾心之談，即便魚在河裡我們一定也可以。

我說好吧，起碼傾心之談。我明明清白無辜，怎麼會被人家說成破鞋，太不想活，也不是沒認真幹活，服務人民，學習農村。

我也從來不曾在街上扭搖，但他們卻好像已經見過。

每天盡被些心術不正的男人東看西看。為什麼他們寧可這樣想，而卻沒有一個人願意問我真相？

可惡的王二，居然把我清白無辜的事實當成滔天罪孽，說我比好吃懶作好色貪淫的人更糟。照他的講法，那些克勤克儉守身如玉的人都是腐化份子，全該抓起來，只是他提到矯揉造作之罪，我確實未曾想過。

（陳自言自語……）

於是他向我闡釋義節之氣。那是抵抗矯揉造作的美德，偉大的，高貴而文明的信仰。

他的講法有點奇怪，我從沒聽過，他說。

所謂義氣就是江湖好漢的偉大友誼，水滸傳裡面那些殺人放火的豪傑，一聽到宋江就肅敬，他跟那些草莽英雄一樣，什麼都不願姑息，唯一不會違背義氣。

這個宋江特愛哭，油嘴滑舌耍風神，照他說法義氣就是大家都得了好處，尊他梁山首。但王二這個混蛋居然把好處往我身上講，他說就算我十惡不赦天地不容，他也會

站在我身邊，他認為我們建立在高貴偉大的友誼之上，不管颳風下雨，他都支持我到底。

我要給他什麼好處才能收買他呢？證明我清白無辜，我不是破鞋。

但是照這情況下去，就算我沒有惡極大罪，也是天地不容，我可能需要王二支持我，我可能需要義氣，我沒有一個朋友，連軍代表也想佔我便宜，如果我拒絕了王二，那我就真的舉目無親。

雖然他就是個混蛋。

這就是我與王二高貴偉大友誼的故事，各位同志，尊敬的毛主席，下鄉的時候，我結交一個知心好友，他是個混蛋，但是他以義氣相挺於我，跟我站在同一邊。

今天我要像諸位宣揚同志友誼的重要，就算他是混蛋，他使我成為破鞋，他是最後一個證明我就是破鞋的混蛋，但他是我的朋友。

戰友們！舉起我們的偉大友誼，往我們偉大社會主義的方向自我改造，沒有朋友就沒有花，沒有花就沒有家，沒有家哪來富強。

諸位同志，我叫陳清揚，陳年的陳，清白的清，飛揚的揚。我是一個破鞋，就是賤貨臭屄的意思。我是北大醫學院畢業的外科女醫生，軍代表想佔我便宜，我婉言拒絕了，

於是我被派到山上，在那個時候我不清楚破鞋為何物，我不是破鞋。我冰清玉潔，在男女關係上我完璧無瑕，雖然我被發派邊疆，但知青向工農兵學習，建國全靠工農

兵，我們要改造資本主義，建立階級思想。這些理論都不會污衊我的清白。那時候，我不在乎別人對一個破鞋有何想法，我對於破不破鞋沒有意見，那個時候，我讀過一些戀愛小說，但我始終不解，嫵媚的女人究竟有什麼錯誤。在我的學習裡，女人有兩種，一種是妓女，一種是婦女。

我的母親是婦女，我父母常告訴我外面那些漂亮時髦高跟鞋全是妓女。

總之那些都已經過去，就算軍代表還想對我怎樣，我還是不依他，最起碼也就是他使我不清白，不是我的問題。但王二問我，難道我想因此變成真正的破鞋，任人吐沫踐踏嗎？我不想。可是那是一個破鞋應該要作的事，就像王二該挑糞餵豬，偷偷放點糠，豬欄朋友都愛他。但，如果我是一個破鞋，我就要成天躺在街上，見到男人流口水，扯下褲子淨傻笑。一旦街上的破鞋多了起來，整個農村就不再有所誤解。男人勞動，女人破鞋。毛主席萬歲，社會主義好！

同志們，我們來呼口號，「打倒冰清玉潔主義，邁向破鞋社會大同。」

這便是我與王二共築的偉大友誼，他是混蛋我是破鞋，如果他把我當朋友，我將以更大的友誼回報他，當下我就這麼決定了，

因為這世界上似乎沒有人像我們這樣打算以義氣相挺到底，而不管混不混蛋的問題。

王二真是個混蛋，他說他已經21歲，卻還是處子之身，不公平不甘心。有什麼不甘心。

可是一想到義氣與友誼，我猶豫了，他想跟我借東西，就像借錢，他身體硬湊上來，弄得我一時心慌。(停)

我情急之下心裡慌張，便結識了他的小和尚。(嘆)

於是我決定借給他，我決定幫助一個朋友完成夢想。

王二來打針，一清早半睡半醒，直到他自己把褲子穿上，我才忽然想到，這人可能可以替我證明清白，我因此追了出去，所有人都是壞人，都說我是破鞋，

但我不願意放棄一個機會，我不願讓王二也成為壞人，變成眾人當中的一個，我因此追了出去。

我拿了避孕套給他，他猴急地糊亂一陣，要我躺在亮一點的地方，我終於大大的賞了他一個耳光，他說要研究我的構造。不過我馬上又跟他道歉，我承認是我不對，

但我見到他那個東西就怒從心起，那東西傻頭傻腦，亂不知恥一通。

那東西在月光下戴了塑膠套，閃閃發光，像眼鏡蛇一樣直挺挺的，真不好看。

他抽了一根菸，我一咬牙，重新幹那事。

以前我有一個丈夫，在他坐牢以前天天對我幹那事，男人那東西真不知羞恥，

只因為女人有個口子就要用他，我什麼話也沒說，靜靜地看他怎麼用，就讓他用，

等他有一天自己來解釋究竟為什麼幹了這些事。坦白說，我可不是小氣之人。

作一個女人，雖然我壓根不知道女人與婦女還是妓女有何不同，

總之我樂於看見自己是生活裡必要的，以前男同學跟我借書，我二話不說就給。

跟我借洗衣粉，就算我知道湖南人貪小便宜，我還是借。每個人都有自己的難處，
何苦跟他們過不去，學習時我便知道這個道理，我家的柿子樹結的果比隔壁多，
隔壁小孩偷採，我不告狀，他家有樹我家也有，我倆均得一樣多不是很好嗎。
所以我對於破鞋一點也不鄙視，甚至就像王二所言，我犯了矯揉造作之罪，
我也沒有意見。各位同志，我今天在這裡檢討，就是要傳達社會主義人人好的思想。
我們都要像王二同志學習，他的小和尚雖然硬挺挺不知羞恥忘著我，
但是我們都要給他機會，所以我跟王二說，隔天再來一次，或許我會喜歡。
因為我不是小氣鬼，我重義氣。
第二天，王二出事了，打群架。我趕下山看他，他被抬進了醫院。
前一天晚上我們還在山上談論梁山結義之事，給他個成年禮。隔天卻像個廢人躺著，
老天爺八成在嘲笑我，一時間我一陣暈眩，待我睜開眼，我從圍觀的人眼裡發現，
我成為了一個一五一十的破鞋，其實我自始自終就是破鞋，打從娘胎起，
我的頭上印了兩個字，我注定一輩子破鞋，我沒有朋友，我被丈夫糟蹋，
世界上唯一跟我談論偉大友誼的王二，現在就快死了，不，就算他癱瘓殘廢，
就算他……我會照顧你一輩子，王二，你放心，你只要別死，有我挺你，不，
我在說什麼。
第三天第四天，直到王二背著大包小包出現在醫務室裡，我都沒有去看他。
我知道我會後悔，那一個禮拜每天晚上想到他我都無法入眠。我已經暴露身份了，

我不應該那樣激動的跑下山，所有人都知道了，對沒錯，我在他身邊，
我自己承認了王二正是我的野漢子，我是破鞋。我已經無路可去了。
從那一天起，我發現我自己作了一件愚蠢至極的事，我連我自己都不能原諒自己。
我怎麼就莫名其妙地踏踏實實地成為破鞋，而我與王二之間其實什麼也沒有，
我讓他研究我的構造，我借他那口子，以偉大友誼之名。本來沒人看見，
就算有人在說，但經過這次事情，那些我與王二之間的友誼之事，
突然在所有人的眼中淫蕩又邪惡了起來，不僅我最純潔的心靈被驗證了其邪惡之處，
那個我自己眼中的我也全盤失敗。這不是王二的錯，全是我自作孽。
全村的人在王二消失以後，就不再提起這個人，只有羅小四曾來問過我，
我跟他說說，既然大家都認為王二不存在，那他大概就是不存在，我是沒有意見的。
然後羅小四便哭了起來。

像是過了一輩子那樣長，像是過了一輩子那樣長。

我終於鼓起勇氣上山去找王二，他曾說他要去溫泉後面的地方蓋一棟草房養病。
白大掛下我什麼也沒穿，一跛一拐的往山上爬，我心理有好多奢望，
因為再怎麼樣那都是我的黃金年代，夏天的風從四面八方吹來，爬到我身上，
我的性慾在那時候向風一樣捉摸不定，樹林裡金色的小蒼蠅到處飛舞，
直到我走到王二的小草屋時，大太陽下我已經脫的一絲不掛。
那個時候我一股腦地就想跟王二合併，我需要他，我整個人都給他，大大地開放，

每一顆毛細孔，每一根毛。天好藍，陽光好明亮，許多鴿子從天上飛過，
鴿子的聲音叫我永遠難忘，我感覺我已經融化到天地裡，大大地開放。
但我推開門，恐怖的景象讓我尖叫，我拔腿往回跑。
那是王二一絲不掛的半靠在床上，他的小和尚紅通通直挺著，醜陋地就像個惡魔。
我一路奔回醫務室，那種感覺讓我想起多年前一個冬天，我穿著棉衣走到院子裡，
很艱難地爬過門檻，忽然一粒沙子飛進了眼睛，好疼，冷風又割臉。
總之我真不是破鞋，因為我沒有偷漢，雖然我丈夫坐牢，我皮膚白晰奶子翹。
可是他們每個人都說我是破鞋。
我是去求王二站出來證明我清白，但他實在太欺負人。事實上我並不藐視破鞋，
相反的，我認為人人都有一口子。（咳）
大家都是好人，他們心地善良樂於助人，有一次我在城裡遇到我的小學同學，
我們找了地方坐下來敍舊，我才知道他現在有個丈夫又交了個男朋友，
他的妯娌們知道以後都十分看不起他，他很痛苦，一度想死，他的這兩個男人，
一個不成材，一個不中用，可是都十分需要他，在不同層次上。他覺得他是媽。
我也覺得我是媽，我的丈夫老愛跟我性交，我就忍，一聲也不吭，
我要等有一天他自己良心發現，來問我怎麼回事。我就告訴他，我希望你開心，
你開心就好。
人活在世界上，就是為了要忍受摧殘，一直到死，想明白這點，凡是皆能泰然處之。

但是那天我去他的小草房，一開門見到那醜陋的小和尚，
那東西太醜簡直不配出現在夢裡，當時我想大哭一場，但是哭不出來，
就像被人掐住喉嚨，我想，這就是所謂的現實，現實就是無法醒來，
要你接受他醜陋的模樣。我中學的時候，有一個女同學長的其醜無比，
卻非要跟我睡同一張床，不但如此，到夜深人靜的時候，還要親我的嘴摸我乳房。
說實在的，我沒有這種嗜好。但是為了交情，我忍住了。如今這東西張牙舞爪，
所要求的不過是同一種東西。我想，就讓他如願以償吧，也算是交友之道。
所以，我迎上前去，把世界的醜惡深深埋葬。
我們始終是無辜的，我們始終是無辜的。
老天啊，即使我與王二逃到深山裡去，天天敦友誼，這些也不能證明我犯罪，
我言之有信，始終謹遵高貴偉大之友誼為諾言，
就算我不懂王二與他的小和尚為什麼要這樣，也不能玷污我遵守信用的美德。
我願意為這個朋友付出一切而不求回報，這已經是十足高貴的人格，難道不是嗎？
不過，我今天要在這裡向各位坦白，是因為我已經不再高貴，
那個偉大友誼已經死去，在我無法控制的狀況下，我失足跌進了萬丈深淵，
我失敗了，我的一生中，就失敗了這麼一次。我希望各位記住我的教訓。
我現在要同諸位說的，是我不願意再提起的往事。

王二他玷污了我，那時我們逃到劉老爹的後山，
有一天我們化妝成老傣要回街上去趕街，他給我作了一件筒裙，
其實就是一個布筒子，下口只有一尺寬，據說可以在裡面作任何事，
包括在街上不用蹲下就可以撒尿。我們從山上往下走，穿了筒裙十分難行走，
我們遇到一條河，水像冰一樣又急。王二一手把我扛了起來。
經過一段難走的上坡路，因為我亂動，他狠狠地在我屁股上打了兩下，
那簡直像火燒一樣，我渾身無力，癱軟下來，就這樣掛在他肩上。那一刻，
我忽然以為自己有如春藤纏樹，小鳥依人。我再也不想理會任何事，
而且一時間把整個世界都忘了，我在那一瞬間愛上王二，
同時我知道這件事永遠都不會改變。
我在交代材料裡讓上級知道了這件事，同時我拒絕修改，
雖然他們拿了別人的交代材料告訴我不能這麼寫，他們問我為什麼要這麼寫。
我說，因為這件事，比我所幹過的任何一件事都更邪惡。以前我承認我是破鞋，
我有雙腿張開給王二用的事實，但這件事證明了，我愛，我就是愛與他性交。
而且這件事不會改變。
他們嚇壞了，因為這是一件他們見過最壞的事，然後他們就把我們倆放了。
像是徹底扔了我倆一樣。
邪惡之事一但失速，便注定繼續失速下去。1980年文革結束後五年，

我在上海的某家大醫院裡順利升上主治大夫，一個將滿四十歲的女大夫，
怎麼看起來比不上那些鶯鶯燕燕的小護士。
對於醫院裡面大夫勾搭護士的事情我早已見怪不怪。由於我氣質出眾，
又經歷過遠放邊疆的勞動學習，在單位裡聲望自然不是一些初畢業年輕男醫師有膽調
戲的。那正是改革開放的第二年，鄧小平領導做出三項指示，
一是在國際事務中反對霸權主義，維護世界和平；二是台灣回歸祖國，
實現祖國統一；三是要加緊經濟建設。但在上海，直到兩年後農村改革大包干，
城市生活的景象一如往常。男女問題，婚姻問題總是生活裡最要緊的事，
老的關心年輕人的愛情，年輕的當然又更如火如荼地專注於自己的那些雞毛蒜皮的小
事。對於我來說，身邊發生的這些也只能微笑應對，其實心裡早就打定主意，
這輩子再也不可能把那段下鄉勞動時候的信誓旦旦實現，王二是我夢裡的人，
而我的青春也葬在那個夢裡。

（燈轉）

（猶豫後說）

我率先主張嚴格進行衛生監控，在許多衛生部門的會議上，由於國家經濟尚未復甦，
城鄉差距大，感染性疾病一觸即發。我提出許多報告，
建議中央成立一級機構集中處理。
我的提議獲得其他部會的支持，在很短的時間之內，中央政府成立了跨部會的祕密小

組，除了集中隔離，更組織許多健康檢查，把有病的人全部集中管理。
在這段期間內，一共設立了十二所一級醫學中心，包括下呼吸道感染、愛滋病、腸胃炎、結核病、瘧疾、痲疹、百日咳、破傷風、腦膜炎、梅毒、乙型肝炎、六大熱帶性疾病。其中由於我的外科專業，我提議設置傷殘中心，尤其包括侏儒症、肥胖症、巨人症白化症等。
有一天我應邀來到北京八〇二解放軍愛滋病與肝炎醫學中心報告，這是國家最高級隔離機構。我穿上防護衣與四層口罩。

（換裝）

會議上，有人大放厥詞地談論愛滋病患人權問題。衛生科學的專業素養使我不以然，猛一抬頭，王二，就是王二，我一時僵直了身子。二十年未見，還是一樣瘦。

（起身）

我向您報告，病就是病，傷寒也好，梅毒也好，得病就得隔離，傳染給別人就是犯罪，這才是公理，這才是人權。健康衛生的人才配享人權。社會發展需要有制度，尤其是那些因為性交而散佈的社會問題難道不應該有法律懲戒嗎？政府都坐視不管，國家顏面無光，會被國際笑話。國際笑話你懂嗎，你懂嗎？
所以因為性交或假性交類性交偽性交而引發的疾病都是可恥，都是腐化，偉大的社會主義無產階級革命就是重新把這個作人最基本的羞恥心還原鬥爭大會上，不管基於什麼原因，如何傳播，造成多少人感染都不重要，我們最終都能掌握。

但凡是被操過的就是爛貨。大家必須坦白講，只要你無私的忠實的自我檢討，
黨給你機會人民給你機會，全中國的人民知道你是臭屄都不要緊，
你是侏儒乙型肝炎還是愛滋病都不要緊，你只要接受並且坦白，然後從實招來，
據實交代細節原委，人民原諒你黨原諒你毛主席原諒你，九大行星都能原諒你。

（撕扯防護衣）

你懂嗎王二同志。在那裡？就在這裡。
我越說越快越快越脫衣服，隔著一張會議桌，王二嚇得濕了褲子。
但從他濃眉小眼皺紋的眼神我能知道。
他想我雞巴。
我在六十歲那年被革職，下崗津貼被沒收，黨沒有把我關到牢裡，
給我一個宿舍派人日夜監控，我天天看著鐵窗外這些農村來的娃兒，
穿著不合身的武警制服，常常想起王二瘦弱的身體。
在那些日子裡，我看見了世界也看見了我自己。我面對著自己的邪惡，
並且欣然接受他。以後我不再有任何悔恨，我不再需要與人爭辯清白這件事，
清白與我何干，破鞋亦與我何干，醜陋的世界與那些醜陋的人，
都不能勝過我的邪惡。我不僅被操，我更樂於被操。我還一點都不願意改正。
文化大革命，是我一生所成就最偉大的事。

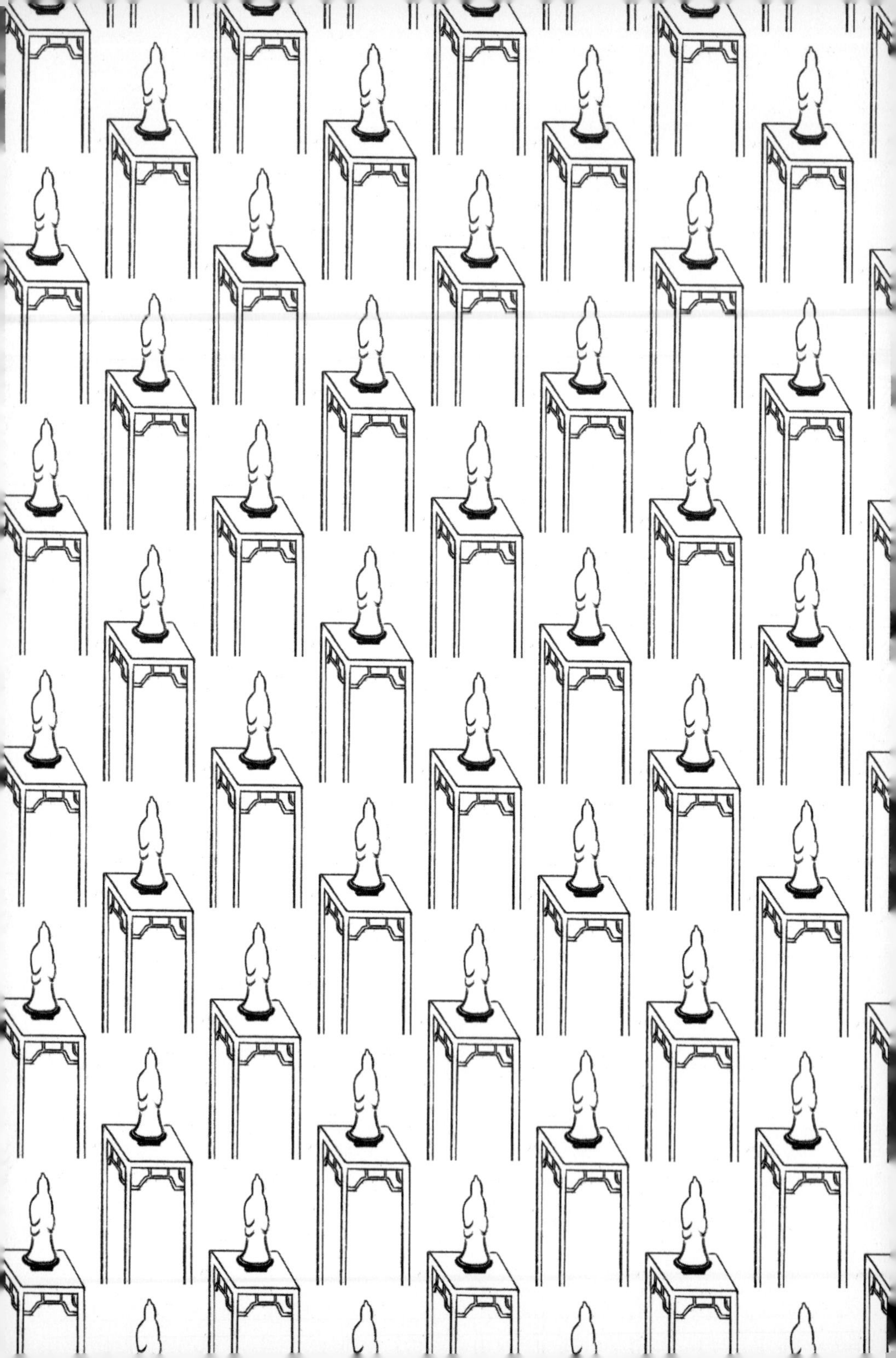

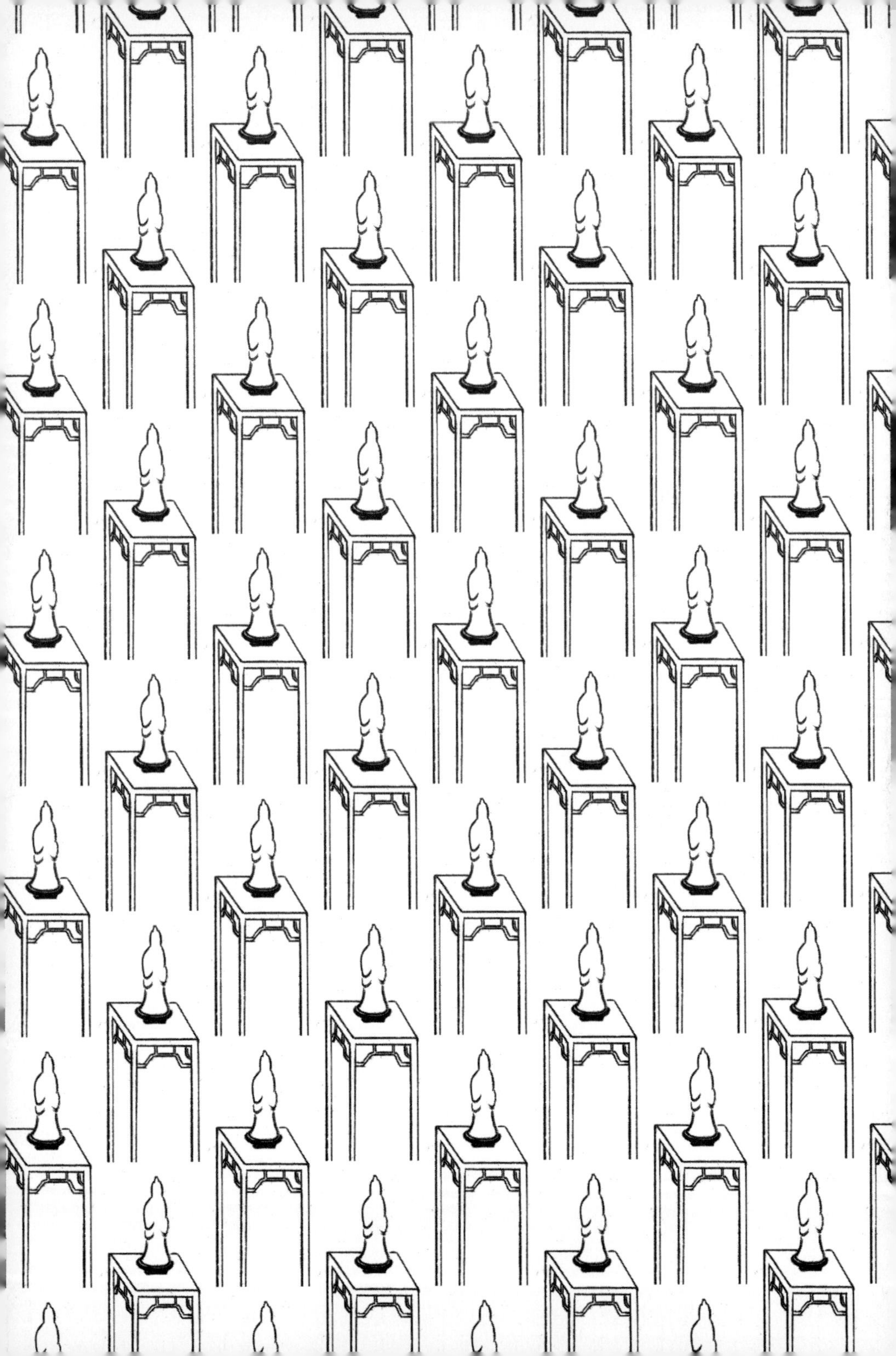

馬伯司氏

出處

據林紓1904年自蘭姆(Charles Lamb)1807年《莎士比亞戲劇故事集》(Tales from Shakespeare)譯作《吟邊燕語》與莎劇《馬克白》之四次創作

演出紀錄

2016年9月1日與9月4日「台北台泥大樓士敏廳」
2016年11月26至27日「北京繁星戲劇村」
2017年4月22至23日「台北淡水雲門劇場」
2018年8月26日「北京正乙祠戲樓」
2019年3月23日「上海東方藝術中心」
2020年6月13日「山東德州大劇院」

舞台指示　芭蕉林前，一桌二椅。

分場　第一場　家書

第二場　夢遊

人物　馬伯司氏　馬克白將軍的夫人

馬伯司　弒君奪權的馬克白將軍

遺老　晚清翻譯家，以林紓為藍本

第一場　家書

（立始，轉身，逆光。遺老睡著，做噩夢醒）

遺老（白）歐人之傾我國也，必曰識見局，思想舊，泥古駭今，好言神怪；因之日就淪弱，漸即頹運；而吾國少年強濟之士，遂一力求新，丑詆其故老，放棄其前載，惟新之從。

（坐下，睡覺。噩夢醒。披掛衣服）

（白）余謂英文家哈葛得，詩家莎士比，乃文明大國之士。顧吾嘗譯哈氏書，禁蛇役鬼累累見。莎詩托象神怪，遣詞立義直抗杜甫。西人真文明，則應焚棄禁絕。

（以下邊說邊開始準備舞台，拿劇本，更衣整裝，指揮燈光、吊嗓）

（白）然耽莎士比者，家弦戶誦，付之梨園，用為院本；仕女聯襼而聽，欷歔感涕，竟無視思想舊，好神怪。男女、俗雅、老少之別？文明不文明、封建不封建，何以之？何以之，何以之。

（打呵欠，現場換裝）

馬伯司氏（唱）呀睡不著，輾轉依舊，依舊睡不著，起身行更衣踱步搖。
推窗迎風對鏡嬌，鏡中淑女睡不著。
無聊至極百無聊，小窗之苦它無可消。

遺老（白）余老矣，不審西文。摯友魏君春叔，年少英博，淹通西文。

夜中休閒，魏君偶舉莎詩筆記一二，余就燈起草為文。借譯者之口，作莎詩記
事，傳本至夥，互校同異，且有去取。

（白）夫吾不通英文，惶不審英人之新，至於神怪奇談鸞鳳陰陽，吾國新學所鄙。
余勉力作譯圖強，教化黎民。今付之梨園，粉墨氍毹。

（白）倘有誤謬點染、浪漫翻譯，諒余道聽塗說、附會湊就，君且茶餘飯後，
付之笑談。家家收拾起，戶戶不提防。

馬伯司氏（唱）想我少女多美妙，生活困頓卻逍遙，
如今苦悶又無聊，如今苦悶又無聊。
螞蟻運雜草，乳牛滲瓊瑤，
農人辛勞，匠人持操，
獨守我一人，無聊無聊。

（坐桌，換花瓶鞋）

馬伯司氏（白）我是軍人之妻，站在蘇格蘭的土地上。那位聲威遠播的馬克白將軍，
乃是我的夫君，他為人正直忠義，戰功彪炳。因此乎，大家都願意稱我為馬克
白夫人。並非美青姊。（諸位來賓也可用比較老派的古言風格，有禮貌地稱我
作「馬伯司氏」）

（白）女人分裡外，女人分大小，要知道，除了我以外，哪怕是你娘親，無論什麼樣
出身的女人都不該聽信。學到教訓了吧！

你娘親阻止我們，他嫌棄我出身，他笑我不懂算數配不上你。他逗你玩幼稚的遊戲，都多大個了，一連吃十一個肉包。肚子腫成皮球來回滾。

（白）你娘摸呀摸著你肚子，你便吱吱笑，眼睛瞇成了一條縫。可悲可恥！你娘他處心積慮，在每一件我親手替你清洗的衣服上繡花，又在我針線的每一朵花的反面拆線。哼！我跟你娘那不是鬥爭，我跟你娘那叫同情。沒有我，你掌不了旗，當不了你的大將軍。你早該清醒，但你卻含含混混轉身出門踏上出征的路。可嘆啊可嘆！男人一旦拂袖便剩下女人們對視無語，他看我我看他。

馬伯司氏　（白）把日子都等成了白髮，再用白髮編織成油菜花，一朵給你，一朵給我，一朵給你，一朵給他，不枯萎不凋謝。那樣可有多好，可有多好。

（展信，收拾桌面，戴面具）

遺老　（白）蘇格蘭王藤甘在位時，有大臣曰馬伯司，為王近支，且以戰功顯，王加以殊禮。先是，國人謀逆，倚挪威為外援，廢亂國中，馬伯司牧班固以力靖之。亂平，師經戰地，地荒悄無人，忽見女巫三人，款款自遠而迎。

（放下面具，背身走遠折返，圓場，上馬，背身講）

馬伯司　（白）這樣濁清混雜的日子沒見過。我，馬伯司，乃蘇格蘭王藤甘近支。奉旨征西，凱旋班師。途經荒地，巧遇神通。其言蹊蹺，百思不解。鴻雁傳書，以釋糟糠。

（將信放在桌上）

馬伯司　（白）他們在我凱旋的那天遇到我；據我探聽所得最可靠的說法，他們具備神通，超乎煩人的理解。我心焦意切要進一步追問，他們卻化作一陣風，消失的無影無蹤。我還站在原地驚訝出神，國王派遣的使者來了，他們稱我「考德領主」；先前這些司命姐妹就是用這個頭銜對我歡呼。提到我的前途，他們改口說「恭喜，未來的國王！」

這件事我想還是告訴你的好，我最親愛的富貴伴侶，免得你損失應有的歡喜，只是不知道是否本應屬於你的富貴。事情就擺在你心裡。再會，再會。

（坐下）

馬伯司　（白）再會。再會。離家幾載只來信一封。瞧，為軍婦，多苦呀……你是葛拉米，又是考德？你說往後還有應驗？

（站起，對觀眾罵）

馬伯司氏　（白）哎，我掛慮的，是你不敢走捷徑，卻又渴求富貴，你不是沒有野心，可卻偏偏下不了決定。要出人頭地，又想光明磊落。你無恥於奸詐，但卻又巧奪貪心。爺啊郎啊，你若真想燭影搖紅，稱孤道寡。你就得，呀……你只是不敢，並非不想。

你只是不敢。別怕，有我在。

（站椅子上）

馬伯司氏 （白）只要在弓弦之槽勒緊勇氣，失敗是不會失敗的。我能感覺到未來，就在眼前。

馬伯司氏 （唱）暗啞的烏鴉叫嘎嘎，膽怯的麻雀唧唧喳。

天都要命那座上的君，國中之王來報到，

在我的城牆之下。

眾陰靈和仙女通神施法，都來除去我那男女別差。

但願得，司命姐妹庇護有加，她，她使我，周身陣陣香無涯。

弒君奪位再凶毒，哀矜不能露尾巴。

仙女呀來，膽汁化做了白奶蜜，成全了命運的惡爪牙。

濃濁如夜女人似花，快刀不見血，白日盡蕭煞。

大爺呀，夫郎啊，細聽根芽，快快回到了我的城下我的家。

做我新的陛下。

馬伯司氏 （白）男人成了家，就是臉面朝外。小催巴挺胸在街上逞強，老炮兒們背手在街上遊蕩，男人們你們寧願言不及義也要結黨營私，你們究竟為何離家？名利是什麼？功勛又怎樣？換成金銀去表現，就能把我們來打發？這不是鬥爭，而是同情，你們各個在外邊君臣兄弟，家裡待不住，那又為何要家？

馬伯司氏 （白）這次，天助我行，大展鴻鵠家業。

馬伯司 （唱）看我清掃門庭除萬險，聽我籌計，巧扮助君心願：

（唱退，回桌上拿面具，老人罵椅上人）

遺老　（白）夫人自念馬伯司固欲圖王，然男子多猶豫，為計不訣，一發覺者族赤矣。計唯出不意搿襲之，必可得志。夫人乃盈盈懷匕首，至王寢所，二衛士日中得酒，已洪醉如泥。夫人則以燭燭王。王多髯，甚類其父。意良不忍剚刃王腹，復懷匕首出，謀之馬伯司。

（被手轉身變夫人）

馬伯司氏（唱）夫郎為國建功勛，世人皆念郎衷心。
謹言慎行沉住氣，看準時宜做分明。
純潔的白花開滿園，卻翩翩那花蕊之下毒蛇行
這君臨天下我把手握緊，
曜日下，浩浩眾生聽我號令。

遺老　（白）馳思之間，夫人排闥入，逐事開陳，謂馬伯司以一舉手之勞，可以易家為國，復何所顧惜為兒女態？

馬伯司氏（唱）夫郎面容有驚異，夫郎守分莫心虛。
想想你的英雄勛，摸摸你的豹子心。
莫非軟弱是你看待，夫妻兩相遇，
為你持守操心意，為你遠行多憂慮。
祈禱平安少食進，你可相知我那結髮情。
瞧一瞧如今一封信，你的一封信。

眼中軒，心內疑，黑夜之中的啟明星。
聽我安排巧計隨你去。

馬伯司（白）聽還是不聽，去還是不去，

馬伯司氏（唱）我洗耳恭聽。

（夫人邊唱邊扔道具）

馬伯司（唱）男兒漢本應是揭竿而起，巫女箴言怎輕信。
莫不是相交之情忘卻盡，莫不是割舍為妻獨自餐行。
失去男兒本色義，舍家拋業誌須勇氣。
念舊情，絲不縷，壹封書信何為習？
若不是妳的心已定，鏡中怎能現本心。
男兒漢，頂天立，才不枉軍婦之人苦窯之份。
若是夫君做應允，地利人和與天情。
湊機緣，超凡力，途未窮盡，功成名就凱旋日。
為妻也曾遵軍律，三百餘日孕孩提。
夫妻恩愛情難移，豈能忘卻盟誓意。
回身再對兒夫明，兒的夫啊，
斬情絲斷親恩，我要四兩撥動那千斤之力。

（坐定）

295----------馬伯司氏

第二場　夢遊

（以極緩的速度進行，在潛意識的森林，幽暗中的墳景，倒置的湖面。此時國王已被刺殺，馬伯司氏恐懼害怕。植物的永生力量是《馬克白》的主題，表現在森林女巫上。巴哈夏康舞曲）

（面具，背身）

遺老　（唱）一聲梧桐一聲秋，一點芭蕉一點愁，

三更歸夢三更後，落燈花棋未收。落燈花棋未收。

（遺老置身其中，投入於故事的張力）

遺老　（白）馬伯司抑鬱無聊時，王后尚出溫婉之語，以寬其憂。繼而王后又逝，其形影益孤。王后之死，亦以懺悔自殊者，事同於鬼責。

（白）（遺老體會馬克白之心）妻不該絕，傾不宜言絕。防未然躡步前，將來之日有來日，來日終有日言絕。昨日之影躡步前，癡人之圖方得見，熄之滅乎，爾等熄之滅乎。

生來本是影，何苦粉墨妝。氍毹才上啞無言，伶人之哀伶人之豔。假作真時真亦假，無為有處有還無。癡人言之，徒耳徒耳。

（白）馬伯司情同獨夫，旁無親暱之士，方欲圖死，而敵兵已及國門，復起英雄之膽，思以勇自振。且風湧烏雲起，馬伯司出。

馬伯司氏　（唱）三更雨，窗前芭蕉淋。

舒卷餘清點滴霖。陰滿庭。

馬伯司氏（韻）我在哪裡，為何此時一片黑漆？什麼聲音？有誰聽見？

在這？我在這？

我是清醒的嗎？

呀，雨。

（雙扇）

馬伯司氏（韻）我今此身，從頂至足，

皮肉骨髓，共相和合，

我是芭蕉，身本無實。

我身如綠葉，支脈紋理糾雜。

呀！我是一朵花。呀。

但是，花開在哪裡？哪裡在開花？

我不知道。

馬伯司（韻）地獄是黑漆的，都有血的味道。

地獄是黑漆的，還有血的聲響。

整個阿拉伯的香料也無法遮掩現在。

洗洗去，洗洗去，洗乾淨了人便新了。

（馬克白夫人從土堆後重出，以扇作舞）

馬伯司氏（唱）花貓三聲喵，刺蝟一聲嗥。
鳥妖齊鳴吉時到，大鍋鼎沸小步繞，
仙山古籍查分毫，二錢蟾蜍蝙蝠毛。
八兩蠑螈眼，一斗蟒蛇皮，
龍鱗三片小狼牙，鹹水鯊腸四五片。
火燒水沸湯沫揚，火燒水沸湯沫揚。
紫杉枝柳月時，紅螺卵乳鴿硝，
黑溝豚脂，蒼蒼老女一根毛。
雌兔淚鼴鼠掌，爬過的青泥，菌絲的草。
酒精石灰鹽巴，花椒胡椒蜜糖。
（韻）幽冥邪道的夜婆娘！
你們在那森林之中，做什麼呀？

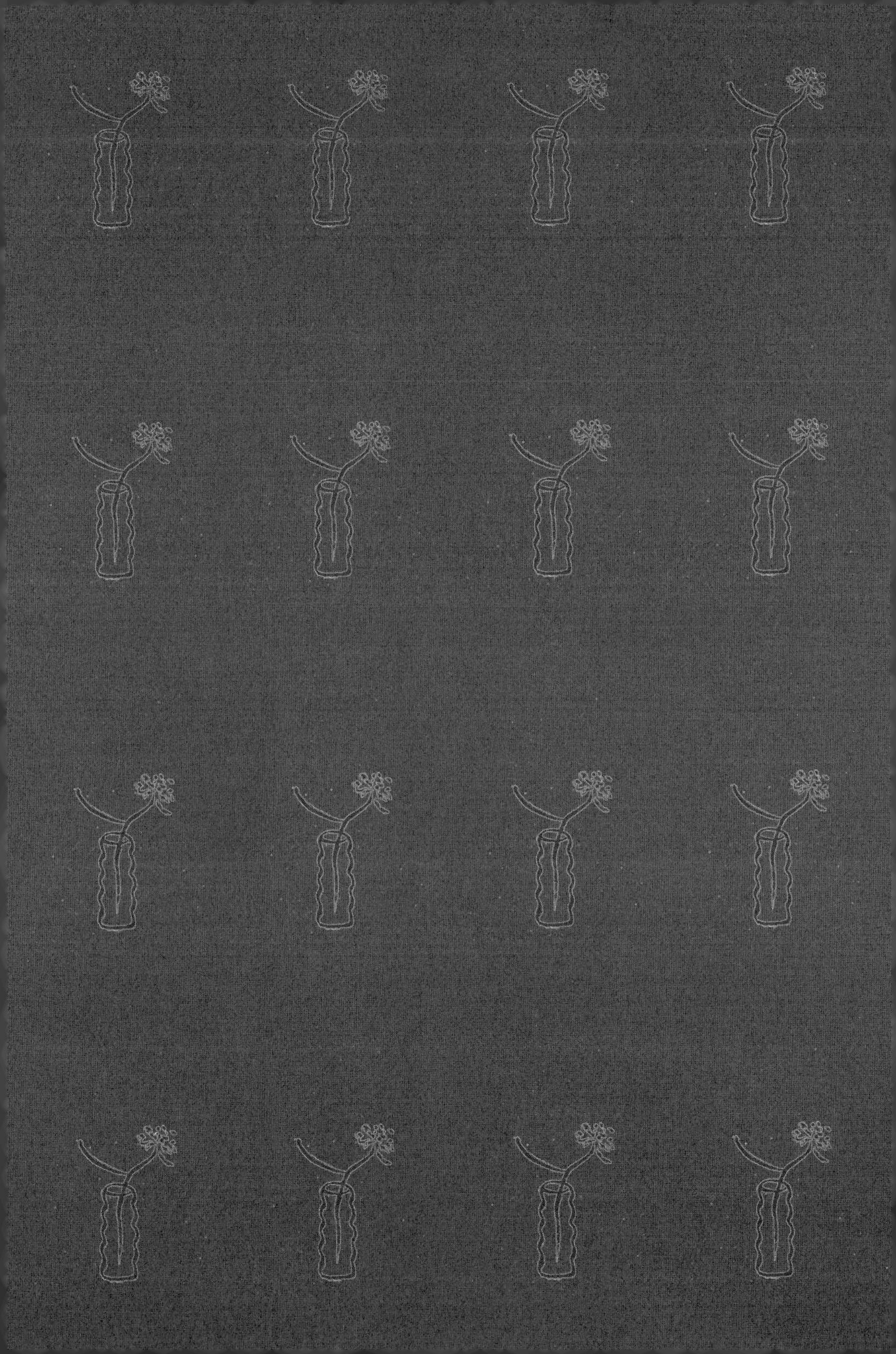

許仙

出處

據田漢1952年戲曲改革劇本《白蛇傳》經台語譯文之三次創作

演出紀錄（全劇台語）

2017年5月27至28日「花蓮鳳林林田山文化園區中山堂」

2018年11月10至11日「上海長江劇場（原卡爾登大劇院）」

舞台指示　一桌二椅斷橋邊。

分場　第一場　遊湖

第二場　酒變

第三場　上山

第四場　斷橋

人物　許仙、白素貞（同一人飾演）

小青、法海（同一人飾演）

第一場　遊湖

白素貞　（唱）天仙下凡到江南，（白素貞、小青同上）
　山路顛沛羅衫濕，
　蘇堤青柳輕輕攬
　春風桃李惹春含。

小　青　姐姐，咱總算來了！遮真有意思。看，男男女女一雙又一對。

白素貞　是啊。你我姐妹在峨嵋修仙之時，山洞每日雲煙深鎖，閒遊冷杉徑，悶對桫欏花；如今來到這，領受這水軟山溫，叫人好歡喜啊。青妹，你來，遐頭前就是尚出名的斷橋了。

小　青　姐姐，既叫「斷橋」，橋怎沒斷呢？

白素貞　仙女呀！名叫斷橋，難道一定要斷？看起來親像人，就一定是人？

小　青　姐姐，你在罵人喔！

白素貞　唉……青兒，物無相，名非錯，天色起風雲，湖山愁眉展。你緊看鶯鶯燕燕青春血氣的遊湖人……

小　青　哎呀！落雨了。姐姐，又是你變把戲。你看你，少男主少男主。咦？舉著雨傘走來了的那個少男主，好俊容啊！

白素貞　誒……

小　青　（唱）巧似洛陽遇潘安。

白素貞　（白）歸身澹，姐姐你莫再變了！咱來走。

白素貞　你去呀！

白素貞　（唱）心中萬千微微不興，

卻為何今日內海湧感情？

我來幻化，他同我我似他，

片片落英也有幸。

（白素貞下）

小　青　遐有一個少年人，少年啊……啊雨遮大，沒拿傘，你身軀有澹嗎？有，若有，衫不就緊脫下來，不然會感冒的，我來幫你脫。毋愛，毋愛就算了。那不然少年仔，你今年幾歲？十八，這麼幼齒，吃幼齒顧目睭。姐姐我才五百而已。遮貴！怎麼會貴，我不是說價錢啦！我是說我今年才五百歲而已啦！請你吃免錢？毋愛！免費送你閣毋愛，真正沒意思。

（白素貞轉身化成許仙，風雨中撐傘重上）

許　仙　（唱）小雨綿綿清明時，

湖光山色美如詩，

忙忙碌碌哪有閒情意！

小　青　（唱）雨水落未離，暫避柳枝。

許仙　呀！柳樹避雨，提籃仔假燒金。二位小姐姐，為何在此，欲往何處？

小青　阮姐妹二人湖畔遊賞，想不到熊熊落大雨。阮是要轉去錢塘門，那你呢？

許仙　欲往清波門。呀！大雨柳下，焉能避得？不如就用我這支，小雨傘。

小青　那你怎辦？

許仙　我麼……毋要緊呀。

小青　這怎麼可以？海龍王辭水，三八假志氣。

許仙　雨越下越大，兩位姐姐不用推辭，我來叫船。

小青　免，換我來。

許仙　如此，有勞姐姐！

小青　我仙女內，怎麼差那麼多，哼。

（小青扮成船夫，雨傘當船槳）

許仙　喂，船家呀！（笑小青）

船夫　人客叫船嗎？

許仙　正是。

船夫　你們上哪兒啊？

許仙　先往錢塘門，再轉清波門，多加銀兩便是。

船夫　好好，你們上船吧。船板澹濕濕，起來要細膩。

（許仙上船，轉身走平圓）

開船了！今天湖面風大，雨也大，人客倌靠相偎，雨傘才一支而已。

許仙 這也是無可奈何啊！

船夫 （唱）西湖春天春滿面，
斜風細雨愛情人。
十世修道同船渡，
百世修仙好枕眠。

許仙 太好了，雨停了！你看天清雲薄，柳絲飛珠染衣襟。

小青 小姐，您看我拼了這麼遠。

小青 （唱）雨過天清湖山霧，
春風迷迷透身軀。
總是西湖比西子，
淡妝濃抹阮都有。

小青 （白）我說公子你名……啥姓啥，家在何，方有何，企圖明，白話講，給阮知啊給阮知。你名……啥姓啥，家在何，方有何，企圖明，白話講，給阮知啊給阮知。

許仙 我呀！

許仙 （唱）姓許名仙生在藥鋪內
白面小生傻書呆
家住清波門外第二排，

錢王寺畔小橋西。

許仙 （白）哎呀！怎麼又下雨了！

小青 是啊，又下雨了。真是的，這支要怎麼辦……

許仙 毋要緊，雨傘你們拿去。

小青 那怎麼好意思！改天再還你。

許仙 （唱）小小之事何掛礙，
那通姐姐全工來？
姐姐若是未見怪，
登門拜訪吃便齋。

小青 那這樣好啦，歹勢啦！咱小姐的厝，就在錢塘門外曹家祠堂附近紅樓一角。哎呀，來坐啊。（小青手拿傘往上，伸腿跨步下船，扶腰）

許仙 欸！（在船上叫喚）

小青 啥物事代？莫非你是不甘你這支？（稚指）

許仙 不是，是請問你家小姐叫何名姓呀？

小青 我家小姐（賣關子）她姓白。

許仙 原來是白小姐。

小青 哼，你可知道我姓什麼？（許仙不理他）我姓什麼？我姓什麼啦？我姓什麼啦…我小旦耶，我名叫小青，注意喔！是青衣的青不是三花喔！我喔，我還是仙女，哈…

許仙　小姐姐慢走！

小青　至頭到尾都沒理我！哼！你卡早來啦，免給咱小姐等太久啊！

（小青下，雨傘下）

許仙　白小姐白小姐……

小青　小青啦！

許仙　好一個天仙下凡，連婢女都有特別的氣質（小青笑，拍謝啦），這般機遇真是福氣啊！只是今日我不做陳三，沒有五娘益春來相伴，我就沒那個命。唉，想我自小就全身苦苦藥味，姑娘小姐都不假意。一個人打理藥鋪生意，想來可悲。

但是，若是沒苦味，我就不是許家人啦？阿爹給我號名單字一個仙，孤不離三東我會有仙緣。莫非？

小　青　（內白，念）

劍蒲角黍悼高賢，愁絕江南五月天。

千古忠臣信難見，美人香草舞翩翩！哈……

第二場　酒變

（小青下場門上）

小　青　仙界一日凡間一年，凡間二年仙界二日。（對觀眾）「凡間一年兩個月，仙界是多久」「我是仙女我免讀書」一眨眼就過去了，不覺又是端陽佳節了，奇怪今天怎麼一直有一個味。剛剛姐姐認真的跟我說到了正午之時，去附近山洞暫避，避開這個日子。說的真好聽，我看，一定是她與她那個好官人⋯形影不離黏踢踢，中晝相揪做事志。唉呦，都已經是夫妻人，透中晝相揪做事志，多好啊！還有啥好見笑。笑⋯

白素貞　（內白，呻吟）青兒！

小　青　（唱）姐姐喚我什麼事代？姐姐喚我什麼事代？

小　青　（白）莫非姐姐她也受不了了，也要來走？來囉來囉！

（小青下場門急下。許仙持壺上場門上）

許　仙　（唱）人逢佳節精神爽，

玉壺銀盞入蘭房。

許　仙　（白）娘子你有好一點嗎？娘子！（許仙放酒杯轉身作白素貞）

白素貞　（內白）來了

（唱）年年今日心神蕩，

強作妝容對許郎。（頭暈）

白素貞　（白）相公吃酒了嗎？（神情迷離，走路顛簸）

許　仙　（白）娘子，今日佳節，好友來訪，相談甚歡。他們說平常咱形影不離，今日卻不見你，大家要我來代表他們敬娘子幾杯。來來來，我先乾。（喝掉酒，再斟酒）

白素貞　為妻身體不爽快，不能飲酒，向他們說謝吧。（阻擋白蛇）

許　仙　娘子，今日佳節，你我夫妻應該暢飲啊！（牽著白素貞到台口）

（小青上場門急上）

小　青　唉呦威呀！你們是夫妻，怎有需要這樣！今日不比平常日！

許　仙　今日為何就不能喝酒呢？

小　青　（看許仙）姐姐今日身體不爽，再說，你也不是開酒家，哪有陪酒之禮，而且她有身了耶！

許　仙　說得有理。只是幾杯淡酒，又何妨？哎呀，是啊，小青你也辛苦了，來來來，喝一杯吧！

小　青　三八姑爺，（抬腿挺胸）你要叫我坐檯嗎！我真貴喔！

許　仙　既然如此，你就去歇息去吧。（小青摔倒在地）

小　青　我要服侍姐姐。

許　仙　夫妻之事有我服侍，你免看。（低講）

小　青　姐姐！（抱腿）

白素貞　你去休息吧！

小　青　是。（小青跪起，苦旦下）

許　仙　娘子，你就看在我面子上，飲吧。（拿酒追幾步回頭）

白素貞　身體欠安饒了為妻！

許　仙　誒……娘子平日海量，今日小飲無妨無妨。

白素貞　實不能，實不能飲啊。

許　仙　唉，如此，就依娘子了，哈……

白素貞　相公你笑什麼？

許　仙　我熊熊想起一個傳聞。（轉身背對）

白素貞　傳聞？

許　仙　唉，講來好笑，不說也罷。

白素貞　誒！夫妻之間談笑何妨？

許　仙　有人對我說，娘子你……

白素貞　我如何？

許　仙　講娘子乃是……西蠻荒山裡千年蛇妖所化，若飲了咱中原的雄黃酒，（拿起酒杯喝掉）必現原形。

白素貞　胡說！（開始自言自語）如此說來，相公今日勸酒，莫非有心試探於我？（生氣拍桌，變許仙）

許　仙　（在桌後觀察娘子，拍桌）就是說啊！哪有此事！我就是不相信，才會對你講。傳言傳言，故事故事，咱不飲也罷，不飲也罷，（走到椅子坐下）不飲也罷。（變回白素貞）

白素貞　（重話）我若是妖，我現出原形，以後日子怎麼過！（起身低頭，慢慢走到桌後，輕拍桌子，抬頭變成許仙，繞一圈回椅子坐下）

許　仙　哎呀，（害怕）娘子毋要生氣，你我夫妻情深義重，就算說你是妖精，（勉強）我也是惜命命！（討好）啊？啊？哈……

白素貞　好！酒來。

白素貞　（唱）許夫郎怎解我難言苦狀，

再三勸我飲酒漿。

我本當不飲避羅帳，

西蠻人不通俗事又何妨。

怎奈他藥鋪變酒家，

少年家頭一次做阿爹，

朋友面前愛臭彈，

不顧妻兒夢虛華。

無奈何接玉盞心中思量，（許仙換玉杯，斟酒）

白素貞　（唱）罷！憑著我九轉仙德也無恙！

白素貞　（白）飲！

（白素貞一口喝下）

許　仙　娘子豪爽！再飲一杯。

白素貞　這？

許　仙　祝咱白頭偕老。

白素貞　來！

許　仙　無三不成禮。

白素貞　呀！（臥魚飲下最後一杯）

許　仙　娘子有要緊嗎？

白素貞　為妻不勝酒力！

許　仙　我扶你去休息。

白素貞　（蹣跚）不要緊，免煩惱，你免煩惱。（許仙看著白素貞離去的身影）

法　海　（內白）許仙！

許　仙　哦，慢且。

法　海　阿彌陀，佛。（小青變作法海上）

許　仙　法海說道，

法　海　你們這些淫蕩色迷的少年人，（對觀眾）

許　仙　女妖精若是飲了雄黃酒，

法海　如今看給他清楚，

許仙　必會現出原形，

法海　每冥甲你魚水交歡的人，（厭惡，指許仙）

許仙　若真是如此。

法海　不是人，

許仙　這這以後日子要怎樣過。

法海　你結種的妻到底不是妻，（歧視，教訓年輕人）

許仙　想娘子婀娜多姿又待我情深似海，就算是妖精，不要給別人知道就好。

法海　這事實。

許仙　那法海愛想就給他去想，做和尚的就是欣羨人眠床頂的事代。（浪漫遠方）

法海　你自己看詳細。

許仙　看來娘子應該是睡去了，

法海　許仙啊！

許仙　等她醒來我再來賠不是。

法海　阿彌陀佛。

許仙　哎呀！

（唱）老法海反覆來對我言表，

賢妻是千年修西鑾蛇妖。

美夢中我本當不受攪擾，
無奈何謠言傳總是難消。
解酒丸備二粒此事便了，
（白）娘子精神，我替你解酒解酒！
（許仙撥帳，若有所見。小青上，驚見。）
哎呀！（許仙驚，轉變白素貞）

小　青　哎呀！姐姐醒來！姐姐醒來！

白素貞　何事？

小　青　姐姐事情不好了，（把許仙拖出來）許相公被你給嚇死了！
（白素貞起，看地上，大驚。）

白素貞　（哭，坐回椅子）喂呀呀……許郎啊！

白素貞　（唱）一見相公膽魂消！
目周金金看他嘴湯流，
哭相公只哭得心肝絞，
奈何橋前你緊回頭。

白素貞　（白）許郎哪，我的夫君哇！

小　青　（唱）八月十五彼一工，船欲離開琉球港，只有船煙白茫茫，全無朋友來相送。

小　青　（白）姐姐，（拿酒）現在不是哭的時候了，（倒酒灑許仙）必須就要想辦法才是啊。

白素貞 青兒，人你看顧，我來去仙山，求仙草。

小　青 姐姐仙草內，他們若不要給你是要怎辦？還是去挽仙桃比較快。

白素貞 青兒呀！為救許郎，千里萬里，刀山見海，我也顧不得了。

（唱）趕赴仙山求仙草，

含悲忍淚將故人交。

守山神將用命鬥，

救得相公命一條；

小　青 （白）姐姐，你呢？

白素貞 （唱）若是今日我命來拋，

你安葬了許郎也莫強留，

咱百年緣分到這了，

咱百年的緣分到這了。

在西湖我墓前種香草，

楊柳作記憶從頭。（小青把許仙拖下）

相公翩翩羽鳥宿枝梢，

清明雨中再起愛巢。

（白素貞望遠方哭）

第三場　上山

（法海扶杖上）

法　海　（唱）持法杖改換袈裟江亭愁，
等候錢塘迷路羊。
人與妖紅羅帳內相交様，
妖怪化身白娘娘。
猶自羞白面少年不知愁，
青春精水吸溜溜。

法　海　（白）老僧的話應驗如何？如何應驗啊？哈哈哈哈哈！（許仙焦慮上，法海馬步看石講）施主來遮欣賞景色，不妨也到金山一遊？

許　仙　哎呀，原來是師父，多日不見了。（看法海在幹嘛）

法　海　老僧年高，前日忽染重病，差一點就見不到施主了。

許　仙　啊！但不知師父是染著什麼病？

法　海　老僧受了驚嚇，因此，病了。

許　仙　真是巧合，我也與師父同病相憐啊。

法　海　難道施主也受驚嚇？莫非是那二粒，解酒丸？

許　仙　（大驚）這…正是此事。（法海靠近許仙，許仙轉向法海，法海突收手）娘子說「此乃蒼龍，不會害人的」。

法　海　施主不知，那日你受驚嚇，原本沒氣，白素貞去到仙山盜了仙草，才將你救活。蒼龍是她所化，千年妖怪，幻化形體，迷惑，世人。哈…罪孽！

許　仙　如此說來，阮娘子盜仙草救我的命，那不就是一個好人了。

法　海　哈…她哪裡是救你性命，不過貪戀你眉清眼秀，讓你多活片時。

許　仙　（面對面，先摸自己肚子，再問）她如今有身，莫非也是戲法所變？

法　海　（拉許仙手到石）施主聽來

（板）舊日一人掛香去，遇到野雞路旁啼。

比唱後母丈勢欺，強逼她提籃挽花枝。

此人心生慈悲心，引女同住共連枝。

（法海拉許仙手撫摸自己的臉）

（韻）哎呀！十月懷胎生一兒，如魚貪水放未離。

誰知一夜風波起，化身銀蛇與青竹絲！

妖精發狂難阻止，孩兒相公死無屍。

白泡泡的少年有香味，不知娶到白蛇女。

人說青春無了時，

法　海　（白）施主啊，施主！

（韻）白蛇腹內藏雙屍！

許仙　哎呀！這麼恐怖！師父，怎麼辦？（搖法海）

法海　皈依我佛，（抓許仙手）自然了解。

許仙　喔！好！阮娘子今日也知影我要來去寶剎掛香還願。（不看法海，有點知道法海心思）就請師父多多指引。

法海　（打量許仙）只是，老僧「法不空傳」（往外走）。哈…

許仙　我遮有紋銀十兩，望師父笑納。

法海　有道是「菩提不用黃金買」（擺手，背身走掉，過位）哈…

許仙　那麼，依師父之見？

法海　哈…入，我門，來。

許仙　這…另日如何？

法海　到時你就走不成了。

許仙　師父，可有如此趕緊？

法海　水火之中救人命，焉能不趕緊。

許仙　如此，這…

法海　阿彌陀，佛。隨為師，來呀哈，哈哈…

法海　許仙哪裡去？

許仙　我想要回家一趟，再來如何？

法海　豈不聞「出家容易歸家難」？

許仙　我又沒有要出家。

法海　你還有什麼放不落？

許仙　娘子恩情難舍，我怎能拋家棄子呢！

法海　（歧視）看你孽緣不斷，怎脫大難？（拐許仙）也罷，你不是說，欲到金山寺還願麼？

許仙　正是。

法海　如此甚好，老僧將前因後果對你說明（拍肩）到時生死福禍由你自決。

許仙　法海大師啊。

法海　阿彌陀，（轉向許仙）佛！

許仙　（念）又羨鴛鴦又羨仙，許仙兩難在面前。（對觀眾）

法海　（念）老僧自有斬情劍，斬斷夫妻孽姻緣。（持杖）哈哈哈哈，許仙隨我來，隨我來呀，哈⋯（許仙正下，尷尬）哈⋯

第四場　斷橋

白素貞　（唱）殺出了金山寺心中怒狂！
啊！狠心的許郎！
禿驢無故起風波，官人不該辜負我。
再會西湖形影孤。

小　青　（驚）姐姐怎麼樣了？（放傘）

白素貞　腹中疼痛，寸步難行，如何是好？

小　青　腹中疼痛，寸步難行，如何是好（模仿白，白教青身段）想是要分娩了吧，姐姐你先坐這，休息片刻，再想辦法。

白素貞　事到如今，只好如此。青兒，這不就是斷橋麼？

小　青　正是！

白素貞　哎呀！斷橋哇！（小青模仿白素貞）想當日與許郎雨中相見，也曾路過此橋，如今橋未斷，素貞我，卻已肝腸寸斷了哇！（小青哭）

白素貞　（唱）西了湖猶原是西湖模樣，
看斷橋未斷橋我愁思滿腔。
恩愛人相交情琴簫同唱，
憨呆呆對人走巧似鴛鴦。

小　青　（清唱）憨呆呆對人走，哎呦，巧似鴛鴦。（模仿白素貞）這款楊花無情郎，將我姐姐弄到有身，大肚子還顛沛流離，小青今後定不饒他！

白素貞　青兒，姐姐怎不恨許郎薄情無義，怎不怨許郎單純天真，此事只怪那老禿驢挑撥離間，強拆姻緣。（攤掌）

小　青　法海縱然鴨霸，但是許仙意志不堅，三言二語就跟人走啊。（模仿白）

白素貞　許郎不解異邦的我，這也是人之常情，都是那老禿驢不對。

小　青　他也沒有什麼不對，姐姐到現在淒慘落魄，還替他許仙想，你是吃苦當作吃補，給人糟蹋還說人好，咱是仙女內，哎呦，姐姐啊！聽來！（模仿白）

小　青　（唱）雖然講白姐姐變身不變心，

那月琴已不是當時的琴。

自己彈自己的物我來一一唱吟：

許　仙　走啊！

白素貞　是許郎啊！許郎！（白素貞下）

小　青　（清唱）初一十五⋯

許　仙　（唱）下山還鄉我悔念深⋯

許　仙　（白）娘子我回來了！（王子跪）

小　青　許仙！（小青用油紙傘指許仙）你來得真好！

白素貞　青兒不可啊！

許仙 青姐饒命啊！

小青 負心人還怕死，哪裡走！

許仙 娘子！聽我講！

許仙 （唱）戰鼓咚咚來放送，

思念賢妻淚千行。

金山寺內如鳥籠，

法海阻礙我見妻房。

法海 （把油紙傘藏在身後）許仙，你說法海不准你下山來見姐姐，從鎮江到此，有千里之遠，你怎樣回來？

許仙 哎呀就是師父你…（指法海）

法海 對啊！是法海送你來的！

許仙 青姐，娘子啊！

（唱）到金山留住在文殊深院，

法海僧好言勸世事糾纏。

妻哭聲木魚聲聲聲在耳，

（白）賢妻呀！（變白蛇）

小青 （唱）呸！負心人甜蜜言鬼話連篇。

小青 （唱）推託理由你不抱歉，

只因你驚權驚勢想要閃？
大肚之妻為你舞刀劍，
看我移山將海填，脫褲將你閹。（踢）

小　青　（白）橫豎你都有後生，也沒差這禍根落地！（摸白肚子）來喔！（小青吆喝）來看無義之人禍根落地！（青舞傘，白阻擋）

白素貞　（白）小青！
（唱）小青姐你且慢龍泉寶劍展！
（白）我的許郎啊！
（唱）叫官人莫驚嚇聽我唱言。
我並非化凡女專工來騙，
我乃是峨嵋山雲中煙千年蛇仙。
春日裡有所念思凡來現，
小青兒相陪伴來到西子湖邊。
降水露扮船夫為見郎面，
我重你面容俊瀟灑翩翩。
我愛你守孝道時將娘親來言，
我念你顧眾生濟世苦憐。
怎知影紅塵中情深緣淺，

啊⋯紅樓交頸盪鞦韆。
朋友勸端陽酒三命一懸，
肚中兒七月大為你受牽連。
外蠻女非凡人卻是慈悲良善，
啊⋯紅樓交頸盪鞦韆。
枕頭巾珠淚滴都濕遍啊都濕遍，
我等你五更天輾轉難眠。
如今你，僥心、忘祖、結黨、殺兒、
駛弄、貪色、淫佛、邪徒、忘恩、背義、
臭彈、虛華、良心變。
（白）青兒！

小　青　姐姐！

白素貞　（白）你就來一腳踢死我的肚中兒（指肚子）

白素貞　（唱）沒我這個白素貞哪有你許仙。
（白）青兒！來！踢死我！（青被嚇到，緊張）

小　青　姐姐，不是。

白素貞　踢死我！

小　青　許仙，不是，姐姐，你這樣演，哪有人在殺小孩，又不是在演殺子報。哎呦！這戲是要怎麼唱啦。

許　仙　娘子啊！（許仙快起）

小　青　還要唱！姐姐，你不要這樣。

許　仙　（唱）端陽之事我無抗辯，

是法海引誘我上金山去逃禪。

你盡心為我來分娩，

萬千痛苦為我傳香煙，

縱是外蠻蛇仙我也心不變。

小　青　姐姐，你清醒，莫再想厎了啦（牽起白坐椅）！許仙，你這負心之人，顧你自己爽，逍遙自在去山頂玩，哪裡知道小姐心內的苦！（酸）

白素貞　青兒，相公如今他知了。他知了。

小　青　他是知影什麼？姐姐你實在！

（唱）白姐姐你為人情比金堅，

怎知道男兒心變化萬千。

講不聽孽姻緣甜交蜜言，

（白素貞、許仙相哭。青繼續講不管白）

小　青　（白）唉呀！人家說夫妻床頭打床尾和，歡喜就好，算我雞婆啦！（嘲笑）

小　青　（唱）白素貞情難離再化許仙，

意難忘斬不斷九世迴輪，
霧煞煞落落長什麼盪鞦韆。
（白）法海我扮小旦伴他公演，罷了。我說姐姐，姐姐，請你也保重，小青我…要走
了啦！

白素貞　青妹！
（唱）不念我大肚人就要分娩，
如果我流浪在田岸路邊，
你忍心叫為姐任人糟蹋下賤，
你與我患難交何說此言。
（白）青妹！都是那個法海！

許　仙　是啊，都是那法海！

白素貞　相公如今他明白了。

許　仙　如今我明白了哇！

白素貞　你就饒恕他吧！

許　仙　饒恕我吧！

白素貞　青妹，青妹！

小　青　姐姐，姐姐，我…回…來…了！

小　青　（唱）當初時咱姐妹共發誓願，

生死患難不棄厭。
願能傳香煙給人欣羨，
小青我與姐姐心心相連。

白素貞　（哭）喂呀！

法　海　（唱）小青白蛇心心相連，
但願姑爺情義堅。
若是姐姐再受欺騙，
我再來彈琵琶伴奏可憐！

法　海　來來來，解酒丸，「金山寺解酒丸，法海正字牌」，有拿到有保庇，沒拿到也沒事，快來搶，歡迎咱許先生來做見證，咱掌聲鼓勵。

許　仙　師父啊！師父啊！師父啊！
（唱）千熬百煉真金顯，娘子深情動地天。
師父但把心頭展，人畜共修舞翩翩。

法　海　啊，看是要分娩了，這次是真的要生了？

許　仙　這次是真的要生了！

法　海　善哉善哉！

許　仙　阿彌陀……

許　仙　咳…（女生轉男步下）

妙玉

出處

據楊牧1985年長詩《妙玉坐禪》、曹雪芹《紅樓夢》、崑曲「牡丹亭驚夢、遊園、尋夢」之三次創作

演出紀錄

2020年12月12至13日「台灣戲曲中心3102劇場」

舞台指示　妙玉講席一座，黑金梅花鳳凰守舊，匾上「庵翠櫳柃」

分場　第一場　逝水

第二場　紫雲

人物　妙玉（兼演林黛玉、杜麗娘）

女弟子（兼演玉紅、玉梅、玉花）

一，逝水

（牆外，妙玉居破廟，夢見元宵進城，住櫳翠庵，給人講經，後遇心魔神鬼）

妙玉（唱）我疊手閉目心湖搖，
幻境之中聞喧鬧，
受罪靈魂自妖嬌。

妙玉（白）俺本非妙玉，乃蘇州人氏，祖上仕宦官家。因自幼多病，買了無數少女頂充替身，皆不中用，到底自己我，入了空門假髮修行方才見好，故而扮裝為尼，法名妙玉是也。（起）

妙玉（白）雙親亡故已有數載，只留得兩個老嬤嬤、一個小丫頭。為守法禮，避人言語，遂讓她們都歸了空門，法名玉紅、玉梅、玉花，三人一同拜我為師。

女弟子　現場各位請起立。

妙玉（白）書香門第，塵緣難淨，妙玉我，不免文墨略通經典少熟，模樣尚好。

玉紅　讚嘆師父。

妙玉（白）因聽聞「長安」都中有觀音遺跡並貝葉遺文，去年隨了老師父前來究竟究竟，至今西門外牟尼院居住，未見貝葉亦不聞觀音。師父他能觀落陰陽，精演先天神數，自幼見妙玉勤學好修，曾親傳扶乩撫琴之藝。

（玉紅演示扶乩）

妙玉（白）師父來至到京城歡喜，歡喜啊歡喜，便歡喜圓寂了。尊師遺囑，妙玉他不得還鄉，需在此靜候，阿彌陀佛。

玉紅 自有結果（妙玉起身遊園）

妙玉（白）牟尼寺蕭疏荒廢，只留下對半霹裂的牌匾，不聞僧尼一人，不見菩薩一尊，一隻蟲蟻，無風也無聲，愈發悄然無息。

妙玉（白）妙玉我，雖委實不解，亦不敢違逆師父之囑，只得日夜靜候，阿彌陀佛。不曾扶靈轉去也。

（玉紅抬棺畢，妙玉言畢，恐怖氣氛，女弟子取畫軸出，妙玉查棺完好，重寫破匾，四人相互模仿坐棺姿勢神態）

妙玉（唱）莫說是我娥孀，

莫說是我群芳，

我本非俗塵女，

躓顛鎖閨養。

幼提著病香種，

安靜靜爍星殘（呃）我牽恙，

這世間憂鬱幻春光。

那生死與個離別，

總有些他命運中，

籤語講，
我是水中的那一只
不祥鳥，
翩翩振翅響。
不幸之幸小清新，
則個是玄機緣玉的，
女娘行。

妙玉（白）查棺守棺總是無聊，見這破匾難辨，又見院中漫草，唉，都是枝枒交錯。不聞蟲蟻鼠鳥，卻又塵灰不染。說來怪奇，此處無池無水橫空生就大柳樹一棵，恐怕邪淫魔妄生，妙玉我便來加添偏旁，以化冤債視聽。

（打開畫軸）

玉花 柳？

玉梅 不是柳。

玉紅 是男人。

玉梅 梅？

玉花 不是梅，

玉紅 娘娘腔。

玉花 小姐寫錯字。

玉紅 哎呦柳夢梅。

玉梅 誰呀？

玉花 齣官他們不天天唱這齣，夢裡也會唱？

玉梅 是男人嗎！

玉花 在哪裡在哪裡？

玉紅 開門便是。（開門）

（妙玉用水筆搓破薄紙）

妙玉 （白）想那苦寒天多作弄，灰蒙黯淡，晝夜不明。這字讀柃，粗毛柃，密毛柃，倒地柃，茶科，耐燃，可作薪炭。（妙玉重寫一張）

妙玉 （白）哎，妙玉我身子乏了⋯⋯。

玉紅 歐！多麼陽剛氣質，讓我不禁想起林沖哥哥，想起了那水滸的一切。

玉花 是啊是啊，跟我想的一樣，梁山好漢百八人，我全都可以！

玉梅 師父不如內堂歇息片時？

妙玉 （白）春啊春，得和你兩流連，春去如何遣，哎，恁般天氣好睏人也！

玉花 就這齣，人家唱的就是這齣。

妙玉 （唱）手疊交眉輕落閉目心湖搖。
幻境之中聞喧鬧。無力感受著，
受罪靈魂，受罪靈魂自妖嬌。

玉花　哎呀師父師父哪裡不舒服，又發燒了嗎？

玉紅　看是睡熟了吧！

（妙玉夢境，夢裡傻傻分不清自己）

玉紅　稟小姐師父，城裡書啟相公代筆，不知哪家不識字的送來請柬一柬，請小姐師父過目。

玉梅　師父就師父，什麼小姐師父。

玉花　是小師父。

玉紅　小姐師父就小姐師父，什麼小師父。

玉梅　不是還有大師父嗎。

玉花　大師父在裡頭躺呢。

玉梅　不知這位相公今年好幾模樣如何

玉紅　作什麼作什麼，瞧瞧你好大一個出家人，不正經。

玉梅　人家也不過吃了幾天齋。

玉花　六根難斷除，春風趨真如。

玉梅　師父醒來師父醒來。

妙玉　（白）如今來至賈府已有數月，元宵過了又是一年，我不好燈火煙花，不打俗人燈謎，那管家林之孝見我女道素衣，又領著女弟子三人，便招待在這佛寺丹房暫且住下。我嘛，則蓄髮為尼，自修於閨中佛禍，未曾操持主理寺院廟堂。看，這裡蔥蔥鬱鬱，草木幽靜。（二光頭走過）

哦！林管家果真周到，竟置辦了削髮之女。我只好應允，閒居片時便了。（進屋裡）

看！氍毹妥貼道具齊全，只求弘揚我法，渡化凡俗。徒兒哪裡，取水烹之。

妙玉 （唱）苦海慈航扁舟向何方（苦海慈航孤舟何方），
水波浪小中央。
翠露濃霜泉井河江，
這四時晝夜添惆悵。
把閒雲和唱，
細相看輕煙沸湯（細相看青燈沸湯）
酌歎賞，
木魅花神低爐香。

妙玉 （白）都說是本地望族驕奢淫逸，鐘鳴鼎食詩禮簪纓，坐禪牟尼怎得堪比。想我舊朝國人有言，「精茗蘊香、借水而發，無水不可與論茶也」。貧尼除了隨身幾盞破杯，只買得起粗茶。來到此地平日，也還無事，禮佛之餘，便修身養水是了。

（分裝小瓶水）

妙玉 （唱）虎丘天池白雲絕，
舊風情難得相見。
陽羨雪芽六安瓜片，

龍井天目俗人煙。

妙玉　（白）我們在家出家之人養水，預置小石頭於甕底，不惟蓋水，白石清泉，會心不在遠。這俗人烹水，唉，想當然爾，偶有雪井山泉，取之則來用之則畢，淫水沸沸，軟溺失矩，好不令人悲欣交集也。

妙玉　（唱）耕土鬆刨牆盡少女病，

櫳翠庵苔痕輕小石隱。

彎彎，游鯉水月鏡，

盈盈，柳絮塵煙花不錦。

妙玉　（白）櫳翠庵女學生，水清無顏色，菩薩相萬千。（出屋子遊園淋雨）喔呦呦這滿園脂粉香娃，成日裡割腥啖膻，你們可有聽見，那青蛇上樹，伏翼入洞，蜈蚣飲泣，蝎子訕笑，草尖露水徐徐滑落，一顆二顆，敲擊著紫色蚯蚓之夢，暴雨將至狂風驟響，成群蚍蜉歌舞吶喊，漫長白煙之中，是那秋夜的心在震動，冷月與激情交換了彼此，遠方墳穴似有火光，一閃一爍，一顫一抖。風為裳，水為珮，都是心魔神鬼，都是心魔神鬼（咳）（女弟子拿傘上）

妙玉　（白）（虛弱地）速速將這瓶瓶罐罐佈施下去，今日我等結緣於水，明日便成了舊事。各自帶了回去，尋個不得見之處，將他們封掩，不得有誤。唉！

（女弟子發派書冊於觀眾席間，一人得一冊，封面為瓶裝水圖，上標隴翠庵標示圖案）

中場

女弟子　妙玉師父來至到城裡去榮國府祭元宵，想那遠房賈家大費周折禮多誠意，念女弟子青春一人破廟扶靈，日日不知所候，不免心魔神鬼。想前日本來佐理師父的師父，化渡爾等塵俗結緣苦愁眾生。怎奈赴約未見有緣之人。自古有云，詩情緣境發，法性寄筌空。有情便是緣，有緣便是花。師父有言，別人有愁，我們打扮，粉墨戲法，解毒助消化。

現場各位俗眾，我們家小姐師父給大家準備好一人一瓶冬井雪霜，這水頭特別好（打開喝水），喝了顧精易腎，沒事在客廳裡掛著，能驅邪氣迎財祿，桃花梅花互相開。現在傳下去，我們不著急。不夠的男男合看，女女合看，男女互看。來，第一頁。就讓我們齊聲頌念。（做禮拜）

書冊：「俗塵女不祥鳥不幸綠玉小清新」

女弟子　大家嗅嗅，有一種味道，想必她也是一位俗塵女，俗。現在看下一頁，知道了吧！什麼庵，她住這裡頭。有沒有看清楚桌上的道具，來，注意，這是筆毛，黑鼠毛制的知道什麼是毛吧，灰色毛，對，他們游泳來，不是淹水嗎，全泡在水裡，特別保濕。還有刷子，爪子，大小各種。這個最重要，看到沒有，奶油，德國原裝進口奶油。對還需要吐司，無發酵的。粉的部份也要慎選，白胡椒粉與陽明山灰塵，研磨。（女弟子）上學校要化妝，可以隔細菌接觸。卦香念經也要塗起來，廟裡人多啊肺炎啊，這樣步驟看清楚嗎？我們來上課就要學好學會才算數，來，頭髮可以換的，會了嗎。

二，紫雲

女弟子 大家動作快點，收拾收拾，林家妹妹，對就是林妹妹要出台啦！翻下頁，跟我齊聲唸道。

書冊：「玉冰清斜半倚良辰美景美少年」

（玉紅黛玉出，因撞見美少年而羞赧）

玉紅 （唱）這蟠螭僵蚓蛐蛐，
狐削兒俏俏如筆。
恐冰容不入時季，
疏影自知。
鬱鬱憂憂，青絲縷縷，
似清瘦（哎呀）斜半倚
化作雪霜（冰清玉），
一包小髻。

玉紅黛玉 現場來賓掌聲鼓勵。哎呀，不就是個林妹妹，我底子好難不倒。咦？白絮滿地，誰搞的，無風也無雨！這棵樹八成犯病，不如抱抱，親親，撞一撞也好不好。看來只能夠掃掃。咦？遠方有人？（喊）來者何名姓？淨掃到我庵內？不如用我的帚來比試！

玉花黛玉 哎呀！原來又是姹紫嫣紅花開遍，似這般都付與斷井頹垣！（臉紅）

玉花黛玉 都說牆內也有好文章！只可惜世人只知看戲，未必領略，其中牆外的趣味。（羞赧）

玉紅 哎呀，是在想什麼呢！

玉紅 話說那位林小姐可難過。（在觀眾席應答）

玉梅 還以為是咱家小姐師父。

玉花 有啥好難過。

玉紅 你看咱師父那個樣，不是那個樣（妙黛上）

玉梅 你們在幹啥呢？

玉花 阿梅快來看看我大蔥，行不行？

玉紅 你講話小聲點，嘴臭味兒重。

玉梅 哎呦！怎麼回事？不是說就掃地嗎！

（妙黛上）

妙黛 （唱）則為你「如花美眷」，似水流年。（頭暈）

妙黛 （白）你在幽閨自憐，你在幽閨怎般自憐。（身體不適蹲下）

妙黛 （白）正好的似水流年，誰家的「如花美眷」。

妙黛 （唱）水流花謝兩無情，流水落花春去影。

花落水流水流盡，閒情萬種一人。（哭）

妙黛　（白）落花呀落花……

女弟子　大家都練習過了吧！只要大家乖巧地依照書本上的教導，普通貨色在家都能修行。現在請翻開下面頁，看到這位姐姐沒有，來我們一起跟她作一個。（玉梅騎掃把）

妙玉　（白）噗哧，落花妒忌還曉得傷懷，究竟是誰僥倖究竟是誰同情？

妙黛　（唱）寒塘渡鶴影，冷月葬花魂（對鏡子邊訕笑，妙玉下）

玉花　你們想我多頹喪？你們想我多頹喪？（用念經的方式）

玉紅　不頹喪不頹喪，大家起立，立正，敬禮，坐下。齊聲說「林妹妹不頹喪」。

妙玉　（白）我不是林妹妹！

玉花　剛剛才說如花美眷的呀！

玉紅　我不是玉紅。（恨）

玉花　我也不是玉花。

玉梅　我才不是玉梅。

女弟子　大家快翻下一頁，快！

書冊：「林妹妹不頹喪寶玉哥哥折枝花」

（妙玉尼姑上）

妙玉　（唱）偶然問心似繾，梅樹邊。

似這般花花草草由人戀，生生死死隨人願，便酸酸楚楚無人怨。

待打並香魂一片，陰雨梅天，啊呀人兒呵，守的個梅根相見。

玉梅 小姐師父從哪學來這段，尼姑守梅根，老師父如果知道一定氣炸。

玉花 都什麼時代了，你思想要點長進好吧！

玉梅 不是啊，要睡覺就進屋去睡，怎麼抱著梅樹睡著了。

玉花 「佳人拾翠春亭遠，侍女添香午院清。」（急著要演春香）

玉梅 你哪位？

玉紅 添香添香，我春香。

（玉花與玉紅打架）

玉梅 二位小姐注意儀態，老師父還躺在後面！

（妙玉受到警告，趕緊翻開書冊帶大家讀書）

書冊：「花花草死死生一枝二尺梅根香」

妙玉 （白）去年冬天他來過，玉針蓑，金藤笠，沙棠屐，牆內牆外，他踏雪前來，帶走一枝鬥酒的紅梅，留下幾瓣檻外白雪。見他枝條相錯，真乃花吐胭脂，香欺蘭蕙。

妙玉 （白）原來他便是二尺來高，旁有一枝，縱橫而出，約二三尺長。

玉紅 （試圖同理心安撫觀眾）玉姐姐多慈悲，多捨得自己呀，都把開花的折給予人。

玉花 大家猜猜是不是紅花？

玉梅 管他紅花白花，人家少爺都說要來取，有花的全剪了。

玉紅 那可多可惜啊。

玉梅 就你捨不得，就你能守你能等，等到無花空折枝。（玉花踩棺木上樹）

玉花　師父模樣真好看！別急吼吼的。

玉紅　快把師父的眼睛用紅布遮起來，阿彌陀佛！

玉梅　一人發一枝，那不就全禿，到時候我看你才真是空折枝。我們又不是賣菜。

玉花　要拔多少？

玉紅　你當心，可不是拔蔥。

玉梅　瞧那模樣活像拔蘿蔔。

（三人上樹，哎呦威呀各種尖叫，一人墜下，全場安靜）

妙玉　（白）尋來尋去，都不見了。那牡丹亭，芍藥欄，怎生這般淒涼冷落，杳無人跡？好傷感人也！又是柳樹又是櫻樹又是梅樹。赤條身板依依可人，開的竟是同一種花，天底下還有這樣情份。紅梅花呀紅梅花，你上身柳枝，下半梅身，大家都來猜猜，這趴在地上的小人兒，他到底是大梅樹，還是大柳樹呀。

妙玉　（白）聽聽，靜靜聽。櫳翠庵外的花神、木魅、草葉魍魎，他們究竟說些什麼？聽聽，靜靜聽，謠言如秋風如殘雪，給白露給濃霜，給我那翠苔，呀～（妙玉拿起書冊來聞）

玉紅　哎呀，小姐當心。（傷心泣）

玉梅　真拿自己當春香。

玉花　什麼香。（開始緊張）

玉紅　那是大蔥不是柳花。

玉梅　哎呀快，趕快讓小姐進房打瑜伽！你們把烏龜都洗乾淨沒有？

玉紅　我便將這大蔥一把置放在那庵門之外，妙玉師父說，都幫他摘好洗好綁好，他來便取之，也不會瞎扯。

玉花　卻騷得人心慌，人心慌。

妙玉　（唱）暗湧著柳浪千頃，漫鎖著檻外雪紅，
　　這朝來暮去南柯夢。
　翻過那愛晚亭，莫不是紅塵一縷快綠行
　什麼聲音在浮動？
芳魂縱一霎時，龕焰爐動波殘香弄。

妙玉　（白）就算那鐵檻寺的檻再高，千年萬年再阻絕，我也必飛奔萬馬，踏遍爐火，輕輕予他吹熄（點燃吹熄點燃再吹熄）看這殘餘之光，我思想思想。

妙玉　（韻）帳裡有兩隻，鳳凰。屏上是一對，鴛鴦。（妙玉翻書，比畫空間，驚訝尷尬）

玉梅　是三隻不是二隻。

玉花　你看烏龜的屁股翹真高！

玉紅　在哪在哪？

妙玉　（白）呀啐，看你們睏乏，都天明了，歇息去吧。（闔帳）（妙玉下）

玉梅　芳情自遣度良宵，擇蓆之苦睡不著。

玉花　姐妹同枕翻來覆，相思無聊多可惱。

玉紅 聽說黛玉她一年只睡個十天，也可以長成那般水靈，那是要逼死人啊！不得再睡了，咱們得快醒來幹活。

玉花 就你成天睡，夜半還打鼾。

玉梅 想那淒清也未必淒清。平日裡不睡覺，都不知道幹嘛去了。

妙玉 （白）修道之人小心著涼，被子搗起來吧！（玉花作圖中動作）

玉花 小姐多矯情，明明白都是戲文，竟也有失眠之理。錯過了睏頭，順不了心，那可怪不得人。

玉梅 叫師父，不得無禮。自己讀。

書冊：「老春香作瑜伽洗巴乾淨轉聊聊」

妙玉 （白）我不是春香，就說我不是春香。

玉紅 春香諾。（提籠子出）

妙玉 （白）籠裡之鳥都到哪兒去了？

女弟子 大家快幫忙找找，四處找找。

女弟子 該不會是藏在裡面吧！（羞赧將木魚掀開，妙玉阻止）

妙玉 （唱）寂寞是留得清夢轉聊聊

一夜北風一枝春臘

幾瓣紫雲料峭

恰便如我內心

一點火光刁巧

那木魚托托斜風嗽嗽

妙玉　（白）都說了烏龜已來到，他不是鳥兒。

女弟子　來現場大家都把木魚擺好來，擺整齊，給我食指，不是拿來吃的，守秩序！好現在跟我動作。

（女弟子帶領觀眾手持最後一頁的木魚一齊敲擊，妙玉擊罄）

（女弟子領，眾人跟唱，妙玉舞）

桃未芳菲杏未紅，衝寒先喜笑東風。魂飛庾嶺春難辨，霞隔羅浮夢未通。

綠萼添粧融寶炬，縞仙扶醉跨殘虹。看來豈是尋常色？濃淡由他冰雪中。

白梅懶賦賦紅梅，逞豔先迎醉眼開。凍臉有痕皆是血，酸心無恨亦成灰。

誤吞丹藥移真骨，偷下瑤池脫舊胎。江北江南春燦爛，寄言蜂蝶漫疑猜。

疏是枝條豔是花，春粧兒女競奢華。閒庭曲檻無餘雪，流水空山有落霞。

幽夢冷隨紅袖笛，遊仙香泛絳河槎。前身定是瑤台種，無復相疑色相差。

湘蘭圖

出處

據明代畫家馬守真〈蘭竹石圖〉、仇英〈南京繁會圖〉、雜劇「燕青博魚」、雜劇「西廂記草橋」、崑曲「牡丹亭寫真」之二次創作

分場　第一場　朱門晚妝

第二場　流光春色

第三場　一筆斜花

人物　生串演捧角家，兼張幼于、張君瑞、王稚登

旦串演馬湘蘭，兼燕青、崔鶯鶯、杜麗娘

丑串演王臘梅，兼老嬤嬤、春香

劇本綱要

幽蘭館正在為閉門宴會做準備，但一齣戲怎麼排也排不出來，捧角的特別開心，因為馬湘蘭丟不了人，索性自己上台演：

一個魚販王臘梅，冒冒失失送來的魚在門前摔死了，聽說店家略通醫術，燕青便起哄大家賭博，賭這條魚醫不醫得活。怎奈不治，贏錢輸錢一轟而散，只剩賣魚婦人王臘梅，方道出心中事：

原來剛才那場搏魚戲，是王臘梅為了敷衍人而唱，其實王臘梅想趕緊把這些野男人打發，好私會衙內情郎。知道這心思，看戲捧角的才明白，原來是齣鴛鴦戲：

文士張幼于錯把樂戶當書店，只因裝潢風雅氣氛佳，一陣按摩舒壓，他便張生張生的沉沉睡去，走到了西廂記草橋旅店，乍醒來店家已經催促買單。張生心想著長亭別後崔鶯鶯的心緒，便很得意地回家對眾文友誇講，這日給馬湘蘭也留下了好印象。

幾天後有人送來數軸畫卷，開畫一看全都是畫自己的肖像，嬤嬤察覺蹊蹺，馬湘蘭拿鏡子自照，才知道小姐的名聲早已傳遍，賺錢的時機終於來到。馬湘蘭對鏡思忖，究竟那鏡中人是哪一個畫中人，想著想著便昏昏睡去：

夢中，杜麗娘要描繪真容，便命春香取丹青，春香看到小姐不畫真容畫妝容，尷尬傻愣不知如何以對，恍惚中被喚醒，有位公子來到：

公子姓王，大名稚登。王公子表明來意，應允作證解賭局，搏的是馬湘蘭會猜中八幅畫哪幅出自那日張公子之筆，以證馬湘蘭對郎有無心意。馬湘蘭把王公子當柳公子，張公子的畫她一幅也不想認，卻要王公子親身一筆，才願辨畫解賭局。王先生無奈順從，撇撇幾筆還提上詩：

老嬤嬤回想感嘆，馬湘蘭不畫人像卻畫蘭竹，只因王先生那日紙上的蘭竹崢嶸，讓她一生守候。

第一場　朱門晚妝

題　馬姬班登台吹雨作瑤花

（開場盛裝，歌舞彩排，馬湘蘭教坊排戲）

（旦馬湘蘭唱）秋水漪漪三生計，

天晴無雲蕙蘭心，

煙雨荼蘼毫素錦，

空石紫莖馬湘君。

（旦白）比畫什麼，你現在可是女子人家呀！

（旦白）背手斜腰，不歪嘴，渙散但不真渙散，眼是這個眼，神是那個神。不要造作，記好了，相信自己，對，這就是最寂寞的時候，你就是最值得的那朵。

哎，教不得教不得呀，太造作了。取過我的衣裝砌末，這齣我來吧。（旦下）

（生捧角家白）我不過就是個看戲捧角的，哪裡曉得這些啊！別走啊，能跟您合影嗎？

（生白）話說故國有個銀山，銀山藏在江南，江南有個金陵，金陵不比西湖美，擠眉弄眼硬從長江分出一支。此江十里長，六朝金粉地。經年往事理不清，一水兩岸一夜情。

今日裡貴客宴酬，也不知什麼侯府什麼公卿，且說去年大冷天裡差人搬來三箱銀錠，七早八早便要下訂，窯子擺嫁妝，驚擾商人家。台上這個馬姬班豔名四方，年頭年尾的折騰，洒家當作戲班，亭台便能勾欄，牛都做了馬，鳳凰扮雞鴨。

你可別問我真假，假作真也分檔次，做買賣的一分錢一分貨。來這裡捧角兒，我可是睡也不好，夢也不好。我怕捧不住，我慌，我緊張啊！（生下）

（丑王臘梅唱）大妹妹起了一個大啊大清早，一驚一乍，一抹一擦。

前後忙啊搓呀前後細打掃，搓搓又刷刷，我搓搓又刷刷，

貼紅條紙啊掛啊那個金紗幛，我掛我掛，我貼我爽。

我貼你妹個大姨媽啊金紗幛，我貼你表舅大姑媽，

財神大爺發大財，財神娘娘數錢來。

啦啦，拉啦拉，

（旦韻）煙籠寒水月籠沙，夜泊秦淮近酒家

（旦唱）馬姬班經勵座鐘場面打扮登台吹雨作瑤花。

（旦白）各位官爺各位師友，實在抱歉，貴客包場，打去年便點戲「燕青博魚」。這齣戲既不香豔也不愛情，殺殺打打也不正經。如不合您意，您不愛聽便不聽，千萬不必客氣，都算咱幽蘭館招待不住。如您愛聽，還請靠往偏坐，讓出空來。遠來都是客，先後多有序，一大清早湘蘭君我以茶代酒，今日在此代替良辰，給各位賠禮了。

（生白）讓讓讓讓，哎呀我又錯過了哪齣？（開鑼，茶桌出）

（旦燕青唱）春天日正長，爛熳百花香。

我揣巴殘湯剩水，打疊起浪酒閒茶。
我捧些氣呵暖我這凍拳頭，
再唾些沫磨亮這冷鼻心。
眼見得窮活路，覓不出衣和飯，
兀的不消磨了片體的青黛好漢胸胛。
來到了朱門柳下，想來一個臥柳眠花，
腳尖細細踏，細細踏也摩擦擦。
（旦白）呀！什麼酒來什麼家，白白什麼柳絮飛花。來呀！來人啊！
（生白）相爺敢情好。
（旦白）不好。
（生白）相爺感情哪裡不好好，咱這裡好，裡邊好。
（旦白）我眼不好。
（生白）原來如此！相爺是從小裡壞了，還是半路裡壞了的。
（旦白）窮壞了的。
（生白）這人有病。
（旦白）俺來看病。
（生白）咱這不是醫館，大夫沒有，您有病上對門去。
（旦白）少看不起人，看我窮要打發我，沒有大夫那這些人是什麼，大傢伙排排坐著，分明在等號。

（生白）哎呀，此大夫非你大夫，氣惱我也。不如我來妙手通靈神針法灸一番，治一治他這相爺眼斜之患（取簪代針）我插我插。（丑扮魚販入）

（丑白）哎呦威呀使不得，我的魚呀！（魚落地）

（生白）呦！這是什麼骯髒東西，張牙舞爪肥不溜溜怪嚇人乎。

（丑白）哎呀呀苦啊多苦啊，難呀難呀太難啦！魚婦我說，幽蘭館裡尊貴的官爺啊，這條肥魚可是費了我擠奶的勁才抓了出來。前日聽說府上要封館酬宴，我便從鄉下划著我那破船，三天三夜，從鄉下到城西再到城北一路沒停的趕，我使勁划呀划呀，好不容易才到。都說活魚比死魚強，死魚又比小魚香，價高價低不一樣，被你們這樣一上一下折騰，大的變小的，都快不活了，如此這般我不就吃了大虧，太不行，太不行，我是不興吃魚不會做魚不懂裡頭差別，但橫豎官爺得賠我個活魚來。

（魚婦哭街）

（生韻）哎呀，一個賣魚一個唱戲，想這兩人必有聯合，巧計訛詐於我，看這裡人往人來，估計尊客馬上來到，可不好動靜事端。

（旦白）小哥哥妙手通靈！快治治眼前死魚，不然一條魚賣作二條，好生可惜！

（生免強而為之）

（生白）看我來妙手于它。

（旦白）等等！不如趁勢來場搏魚。現場貴客，肥魚一條搏生死，下好離手。

（丑白）搏它一個活不活！
（生灸魚，另二人不忍看）
（丑白）沒聽見什麼吧？
（生白）聽見什麼呀？
（旦唱）可愛爺貧窘，買魚人卻賒與了打魚人家。
才憑著我幾文家銅，搏一個三尺金鱗活不活。
魚兒你在荷盤游，怎不學我桃花浪中鬧花繡。
（旦白）呀！死了。
（生唱）不要你彎著腰虛土裡藏，
握著拳來毛坑上墩。
則要你平著身子往下撇，
不要你探著手可便往前分。
（丑白）哎呦，城裡人有意思，沒見過又蹲茅坑又鬥魚的愛好。
（生白）這位姐姐，魚是你的吧！
（丑白）魚啊魚，我的魚老肥了！（哭哭啼啼下）
（旦白）這究竟誰家的魚呀！
（燕青尾隨王臘梅細探究竟，捧角尾隨）
（丑白）自那日同樂院裡，見了衙內官人，都不曾說過一句生氣話。回到了家中，只好我心中自想，今日是八月十五中秋令節，方才燕大燕青在前廳又是鬧堂搏魚又是飲酒翫月，我將那酒冷一盅，熱一盅，冷一碗熱一碗，灌他兩個爛醉。哎，我今打發都去廂房歇息了。可是為何，哎，我的心中不待吃酒，究竟想著衙內。

我藏了好案酒果品。只等衙內來到。我和他悄悄自到後花園吃幾杯兒吧。

（丑唱）我鋪的艾葉紋藤席淨，拍小手爽氣。

我掇過桃花瓣石枕音，滿鼻風清清。

醉魂兒偏喜月波涼，

愛情人怎消浪酒性。

就搭這兒裡噗噗，就這搭兒裡挺挺。

（生捧角與旦燕青暗上，生一個勁叫好）

（旦唱）眼見的分明就是姦情，

誰家的鬼精鬼精。

大哥呀！瞧這雙狗男女。

（生唱）則好個紙做的瓶兒怎巴乾的井，

蠟打的鍬兒怎撅坑的屁。

人道她有體態，有聰明，

知誰的意，會誰的情。

有人時春自生，沒人時坐不寧。

怎知她欠本分、少至誠、

摸涼蓆、浪酒性、暗款曲、送肥魚、

（二人唱）共淫愁敗壞不計一個金銀。

（生白）原來是齣小生老旦的鴛鴦戲，好呀！好呀！

第二場　流光春色

題　張幼于小春酬和得清新

（生張幼于吟書）吳中人稱，雞冠雁來紅，十樣錦名秋色。秋深雜彩，爛然俱堪。然僅可植廣庭，若幽窗多重，便覺蕪雜。雞冠有矮腳者，種亦奇。

（旦馬湘蘭白）先生蒐奇乎？（奪過書來）綠窗分映，但取短者為佳。蓋高則葉為風所碎耳。冬月有去梗以稻草覆之者，過三年。

（旦唱）怎奈我生花結甘露，
任憑人巧作盆玩物。
你倒是棕櫚雅樹，
塵尾蒲團用不俗。

（生白）呀！歡場女子多俗白，長物之志也能淫邪幻想，看來她常讀閒書，無奇不歡無歌不興，在這秦淮十里之中，就屬她家氣氛最雅，書卷最香，看這樣裝潢這樣排場，豈不妙哉，呵呵，妙哉。
小生張幼于，吳中人士。有道是西湖白娘娘，金陵胭脂香，今日遊船來此，不免倦乏。

（旦白）原來是位張先生，看張先生旅途勞苦，不如來我們店家歇時片時，抓它個龍筋咕魯，定能精氣回神。

（生白）不愧是生意中人，原來當你開書店，信手翻篇，才曉得來到了樂戶，覺得到身骨疲乏，這又聞姐姐還兼營舒壓。看來盛情不減，文創文創自是有緣。

（旦韻）張先生這邊請。張先生一位。

（生韻）請呀。

（丑白）相公請上房。

（生白）引導。

（丑白）相公可曾用膳。

（生白）不餓。

（丑白）相公這裡沐浴更衣。

（生白）還要洗麼？

（丑白）相公旅途勞頓，不如洗巴乾淨靜候片時。

（三人齊唱，生作按摩沐浴）

（齊唱）昨夜個心翠被香濃熏蘭麝，

　　欹珊枕把身軀兒趄。

　　臉兒廝揾者，仔細端詳，可憎的別。

　　鋪雲鬢玉梳斜，恰便似半吐初生月。

（生白）正是形色香豔催瘦馬，離愁萬斛引新芽。想昨夜歡娛，今宵沐浴，教我怎生去也。

（生唱）旅館欹單枕，秋蛩鳴四野，

助人愁的是紙窗兒風裂。

乍孤眠被兒薄又怯，冷清清幾時溫熱！

（做夢境狀）

（丑白）僥倖你還想做雙飛！

（旦白）曾幾何時臨別了張生，總是心放不下。現如今人也都捣熱了，嬷嬷我們一起來吧！

（旦按摩姿）

（旦唱）走荒郊曠野，把不住心嬌怯，

喘吁吁難將兩氣接。

疾忙趕上者，打草驚蛇。

他把我心腸扯，因此不避路途賒。

瞞過俺能拘管的夫人，

穩住俺廝齊攢的侍妾。

想著他臨上馬痛傷嗟，

哭得我也似痴呆。

不是我心邪，自別離已後，

到西日初斜，愁得來陡峻，瘦得來唓嗻。

則離得半個日頭，

卻早又寬掩過翠裙三四褶，
誰曾經這般磨滅？

有限姻緣，方才寧貼；無奈功名，使人離缺。
害不了的愁懷，卻才覺些；
撇不下的相思，如今又也。

清霜淨碧波，白露下黃葉。
下下高高，道路曲折；四野風來，左右亂踅。
我這裡奔馳，你何處困歇？

（旦白）來此已是草橋旅店，待奴叩門開。
（丑白）俺開。
（旦白）嬤嬤不麻煩。
（生白）是人是鬼報名來。
（旦白）奴家來也。
（生唱）呆打孩店房兒裡沒話說，悶對如年夜。
暮雨催寒蛩，曉風吹殘月，
今宵酒醒何處也？

(旦白) 現如今這個店兒在裡，不必再敲門。

(生乍醒)

(生白) 誰敲了門？誰敲了門？女人的聲音！我且來開看看，早晚誰個是！

(生唱) 是人呵疾忙快分說，是鬼呵合速滅。

(旦白) 是我。老嬤嬤已睡去了。想你再得見，便特來同眠。

(生唱) 聽說罷將香羅袖兒拽，
卻原來是姐姐、姐姐。瞧！

(旦唱) 想著你廢寢忘餐，香消玉減，花開花謝，
猶自覺爭些；便枕冷衾寒，
鳳只鸞孤，月圓雲遮，尋思來有甚傷嗟。

想人生最苦離別，
可憐見千裡關山，獨自跋涉。
似這般割肚牽腸，倒不如義斷恩絕。
雖然是一時間花殘月缺，
休猜做瓶墜簪折。
不戀豪傑，不羨驕奢；
自願的生則同衾，死則同穴。

（生韻）姐姐的繡鞋兒露泥，姐姐的小胳膊單衣，腳心窩兒都踏破了夜蘭花。姐姐，好生心勤也！
（丑白）說，你究竟是誰家女子，貪夜渡河，赤足淫奔。
（旦韻）休言語，靠後些！你知道他英傑，覷一覷著你成醯（西）醬，指一指化你做背血。騎著匹白馬來也。
（生韻）哎呀呀！無端燕鵲高枝上，一枕鴛鴦夢不成。都則為一官半職，阻隔得萬水千山。本來就是大夢也！也決也決。且將窗門兒推看，只見一天露氣滿地霜華，曉星初上殘月留香。
（丑白）相爺，小姐離開了。
（生韻）呀，若共你多情小姐同鴛帳，怎捨得妹妹你疊被鋪床。
（丑白）相公別不正經，不如買單這邊請。（生下）
（丑白）想姐姐往常不曾如此無情無緒，自見了那張生，便覺心事不寧，如何了得？
（旦換裝上）
（旦唱）往常但見個外人，氳的早嗔；
但見個客人，厭的倒褪。
從見了那人，兜的便親。
想著他昨夜詩，依前韻，
酬和得清新。

（旦白）奴家馬守真，金陵人士。因喜念幽蘭又善畫幽蘭，便自號湘蘭。自幼賣給河畔人家。娼門娼婦有教養，琴棋書藝閨門樣。少女之後，自知貌不驚人不閨秀，便作尋常打扮，成日刨土劈叉。老嬷嬷嘴貧，總笑我疊不得的柿果毛不齊的花，呀！多凌厲的話，但我心知色不如人，只好勤練本事，仰仗了文藝渡餘生。前幾日有位張先生，不知聽從了誰人的舉薦，掀了雜家的牌。只見他人品清白，條條當當，囈夢之中卻喚奴家姓名作詩，想江南儒士多肥喫，久不見清新方剛人士，不免難得，令人好生愛憐。今日張先生差人便箋，尋思之中嬷嬷來到。

（丑白）哎呀我的好小姐，太陽打西邊出來了。等得我也老蚌生珠，瞧瞧你也有勞點。有位張先生差人送來信一封匣一個，念念不忘於你，這下可有得張羅。嬷嬷來此同你賀喜，恭喜發財，恭喜發財呀！（送信）

（旦白）嬷嬷不免客氣，趕著初露濃霧，馬守真院中修剪，暫無瑕答應，何不將那信簡置於案頭，自有時候。

（丑白）沒事也不梳頭打扮，成日躲躲藏藏，不見個影。嬷嬷我先行離去了。

（旦韻）去了。

（丑白）走去了（丑藏於簾後）

（旦白）走去了（旦出欣喜）看來是那方剛少年之箋，呀怎麼還有破費東西，待我究竟一探。

（盒子裡裝有多幅捲軸，一一賞玩，件件不全開，越開越羞赧）

（旦唱）自從我娼門裡面娼婦嫌，仰仗了南北宮調扮花臉。

上門客爽樂昏天難睜眼，豈能道色不如人少女顏。

三人八卷還懂得作畫辯。

（丑白）哎呀小姐姐不著急，嬤嬤來替你出主意。（搶過信）

（旦白）這可是什麼腐化的東西呀？待我上衙門告他個卑鄙之罪。

（丑白）什麼把戲？文士聚會鬧見識，鬥畫共想浮萍人，還要你猜猜哪幅出自他之筆？骯髒犢子，太下流，他們一共多少人，改日全來了可怎麼招待，全是一幫毛不齊的乳娃，人未曾來到，神竟能歷經，一個個畫的跟真的似的。那我可吃大虧，我家小姐人傳人，老嬤嬤終於等到她闖出名號的這天，尋思之間，呀這要怎麼收錢啊！

（旦白）嬤嬤你說個什麼東西呀，說什麼人傳人，快取我的鏡兒來，戲文道春夢暗隨三月景，曉寒瘦減一分花。便來照照究竟如何？

第三場　一筆斜花

題　**林柳腰不許東風再動搖**

(旦唱) 這些時把少年人，如花貌，不多時憔悴了，
不因他福分難消，可甚的紅顏易老。

(旦白) 哎，往日豔冶輕盈，何奈一瘦至此，想到登徒之輩流言蜚語，浪酒閒茶之中，竟糟蹋於我。世事難料，此時若不早起打扮，留個名聲在席間，以後又有誰人知曉我馬湘蘭明妝儼雅，仙珮飄飆。快取胭脂香粉，聽我描畫來。

(丑韻) 胭脂香粉齊備。

(旦韻) 素絹丹青在此。

(旦自畫於臉)

(丑白) 哎呀，畫哪裡去啊！(現場梳妝)

(旦唱) 輕綃，把鏡兒擘掠，筆花尖淡掃輕描。
影兒呵和你細評度，你腮斗兒恁喜謔，
則待注櫻桃染柳條，渲雲鬟煙靄飄蕭，
眉梢呵青未了。
個中人全在秋波妙，可可的淡春山鈿翠小。

(旦唱) 宜笑，淡東風立細腰，又似被春愁攪。

謝半點江山，三分門戶，
一種人才，小小行樂，
撚青梅閒廝調，倚湖山夢曉，
對垂楊風裊，忒苗條斜添他幾葉翠芭蕉。
（旦白）看看。
（丑白）丹青女易描，真色人難學。果真如此！
（旦韻）原來確實他！
（丑白）正所謂，樓閣新城花欲語，別後相思入夢頻。
（旦白）夢中誰是畫眉人，漏洩一夜風情稿。（竊喜）
（旦唱）徑曲夢迴人杳，閨深珮冷魂銷。
似霧濛花，如雲漏月，一點幽情動早。
（杜麗娘扮成，捧柳枝出）
（旦白）春香，咱不瞞你。花園遊玩之時，咱也有個人兒。
（丑白）誰是春香？她比我美嗎？要我作春香逆？哎，怎的有這等方便呵。
（旦白）那春香可是牡丹亭裡的美丫鬟。
（丑白）什麼丹？
（旦白）哎！牡丹亭還魂記，此乃臨川人士湯顯祖之曲，講的是杜麗娘柳夢梅夢中離合之事，
秦淮兩岸人人皆能唱誦，嬷嬷未曾聽聞？

（丑白）不曾。
（旦白）嬷嬷未曾唱誦？
（丑白）不會。
（旦白）那今日我便傳授於你，你可要仔細聽，好好學，咱秦淮酒家多競爭，作買賣要時時出彩有特色，否則怎麼發財怎麼營生。
（丑白）發財好發財好！
（旦白）這春容呵！
（丑白）我春香內！
（旦白）你春香，我春容，記得否。
（丑白）你春容我春香。
（旦白）我說春香，瞧我的春容，說，有一書生經過，折柳一枝贈我，我不免莫非他日，所適之夫尊姓柳乎？故有此預兆耳。讓我來偶成一詩，暗藏春色，題于畫上何如。（丑跟念）
（丑白）絮叨絮叨記不住！先看看吧，你要寫在哪？
（旦白）快取丹青素絹來。
（丑白）不是拿來了嗎。
（旦題吟介）近覩分明似儼然，遠觀自在若飛仙。他年得傍蟾宮客，不在梅邊在柳邊。
（丑白）小姐，古今美女兵荒馬亂，誰不是早嫁人婦一別經年思慕夫郎，那描模畫樣畫的全是男人，卻從未聽聞大白天就朱唇白粉，自家寫照也不寫照。我看你真能預卜先機，連姓什麼都知道，不如改行開算命攤子更實惠。大白天的，你這是要扮給誰看，唱給誰聽呵。

（旦唱）儘香閨賞玩無人到，
又怕為雨為雲飛去了。

（丑白）呦，門外有客，小姐來客了！

（生王稚登上）

（生唱）寄春容教誰淚落，
畫真真無人扮作。

（生白）小生王稚登，自幼登吳門，拜文家公子為師，琴棋書畫樣樣才，得了一個吳派正宗之名。只因才學俱足，平日無事，來往文士家中。酬歡之餘不免得探煙花小事，前日席，聞張幼于遇美娘，美娘執業幽蘭館，卻不知主營為何，還說此娘不以色侍人卻色藝不弛，還能小胳膊單衣夜蘭花，令人好夢繾綣。眾文友聽罷留連留連，相約一夜之後，自畫夢裡美娘像，題名「湘蘭圖」，要美娘見畫辨身。算算三人一共八幅，全差了花郎向行家收拾裝裱，作成了賭注。想如今畫已到，繪淫繪邪之事我吳門不幹，只能答應文友做個中人明驗結果。

（丑白）請問先生貴姓。

（生白）不便透露

（丑白）先生姓柳乎？

（生白）非也非也。

（丑白）先生姓非乎？

（生白）不便透露。

（丑白）那肯定就是非先生。非先生裡邊請不用客氣。

（生白）哎呀！有意思，不客氣。

（丑白）非先生一位！

（旦白）是先生非先生乎？這廂有禮了。

（旦唱）這本色的人兒香花妙，助美的練花的誰家好裱。
他簾兒瑩邊闌小，他教他有人問著休胡瞟，不得不得，俺娼門不得輕嫖。

（生唱）他教我有人問著不胡瞟，日炙風吹懸襯的好。
怕長物好物分不了，把咱丹青容顏糟蹋了。

（生韻）喜聞得見慼靈芬，三生有緣化水雲！

（旦韻）湘纍仙去湘娥老，合把同心托此君。

（旦白）非先生可是來驗身的？

（生韻）是也。

（旦白）非先生請。

（二人至案前，旦賞畫指畫）

（生白）隨後！

（旦白）請先！（掛畫）

（生韻）不見姐姐不樂意。

（旦白）啐，非先生之手，非先生之筆耶！（旦舉生手）

（生白）呵呵！何以辨得？

（旦白）不如先生親筆畫畫，筆墨不騙人，水落便石出。

（生白）畫什麼好？

（旦白）自然是湘蘭圖呀。

（生韻）取過丹青素絹，姐姐休得胡瞟。

（旦白）俺不瞟。

（小生作畫，畫畢交予馬）

（旦白）原來是瘦石清芬瀉幽谷，卻成了筱竹翠影拂湘江。非先生雅興，一筆斜花插於惡石之上，得此一幅湘蘭圖。只是景物渺渺不免寂寥，先生可願題詩幾句，捨不得此石此蘭落得如此呀！

（齊唱）幽谷果然發蘭湘，

守持守真自含芳。

欲寄翩翩同心去，

往復悠悠江路長。

（丑白）話說俺家小姐異地戀，自此便做了行船人，常常睡睡醒醒都在水上，往返金陵姑蘇之間，一晃三十五年。

她常說人生，在搖搖盪盪的夢裡醒來，又在呼來喚去的渡頭睡去。俺家教坊幽蘭館，維持維持還行，戲齣不間斷，總有看客官。只是小姐她始終不嫁非先生，好生可惜。

俺家小姐一生無憂，詩書畫樂為伴，秦淮群豔之中活得可謂普普通通，不像那別家的秋香從良，自己寫入丹青裡，不許東風再動搖。

我看也行也罷，普通普通。都說烽火亂世孽子遺老多寂寥，起碼咱家小姐不自畫，她的蘭竹崢嶸，畫的全是非先生之筆非先生之手，真愛知音，半生描摹，半生守候，可以足矣。

397----------湘蘭圖

INK PUBLISHING
文學叢書 642
婦女生活十一種——劉亮延劇作集

作　　者　劉亮延
總 編 輯　初安民
責任編輯　宋敏菁
美術編輯　黃昶憲
封面內頁繪圖　簡翊洪
書名字體設計　朱紹慈
校　　對　劉亮延　宋敏菁

發 行 人　張書銘
出　　版　INK印刻文學生活雜誌出版股份有限公司
新北市中和區建一路249號8樓
電話：02-22281626
傳真：02-22281598
e-mail：ink.book@msa.hinet.net
網　　址　舒讀網 http：//www.inksudu.com.tw

法律顧問　巨鼎博達法律事務所
施竣中律師
總 代 理　成陽出版股份有限公司
電話：03-3589000（代表號）
傳真：03-3556521
郵政劃撥　19785090　印刻文學生活雜誌出版股份有限公司
印　　刷　海王印刷事業股份有限公司

港澳總經銷　泛華發行代理有限公司
地　　址　香港新界將軍澳工業邨駿昌街7號2樓
電　　話　852-27982220
傳　　真　852-27965471
網　　址　www.gccd.com.hk

出版日期　2021年1月　初版
I S B N　978-986-387-368-6
定　　價　460元

* 作品由 財團法人 國家文化藝術基金會 National Culture and Arts Foundation NCAF 出版補助

國家圖書館出版品預行編目資料

婦女生活十一種／
劉亮延劇作集/劉亮延著 -初版. --
新北市 : INK印刻文學, 2021.1 面；　公分
ISBN 978-986-387-368-6（文學叢書；642）

863.54　　109017371